너무 쉬워 놓쳐버린
삶의 다섯 가지 비밀

너무 쉬워 놓쳐버린
삶의 다섯 가지 비밀

인생에서 조금 더 일찍 알았더라면 좋았을 것들

조 이조 지음 | 박문정 옮김

The Five Secrets You Must Discover Before You Die

John Izzo

문예춘추사

이 책에 쏟아진 아낌없는 찬사

♦ ♦ ♦

나이에 상관없이 누구에게나 이 책을 권한다. 행복한 노선생들의 따뜻한 인생 이야기와 세월이 빚어낸 지혜가 영혼을 사로잡는다.
─스티븐 R. 코비, 『성공하는 사람들의 7가지 습관』 『성공하는 사람들의 8번째 습관』의 저자

삶의 막바지에 이르러 "지금 알고 있는 걸 그때도 알았더라면"이라고 후회하고 싶지 않다면 지금 당장 이 책을 읽어라! 훌륭한 시각을 지닌 사람들의 놀라운 지혜가 들어 있다.
─마셜 골드스미스, 『일 잘하는 당신이 성공을 못하는 20가지 비밀』의 저자

늦은 밤까지 이어지는 심오한 대화처럼 삶의 의미와 행복을 찾아주는 이 책을 절대 놓치지 말라!
─리처드 J. 레이더, 『하나님을 움직이는 기도』의 저자

이 책은 연구와 조사를 바탕으로 충만한 삶을 향한 지도가 어느 때보다도 필요한 시대를 살아가는 사람들에게 명확한 길을 제시한다. 이 여행은 유쾌하고 진솔하며 감동적이고 때로는 슬프기까지 하다. 하지만 언제나 의미와 목적을 지니고 있다.
─자넷 E. 랩 박사, 심리학자이자 작가, CBS의 연속프로그램 〈Keep Well〉의 진행자

한결같은 친구처럼 옆에 두고 삶의 길잡이로 삼으면 좋을 책이다!
―비버리 카예, 커리어 시스템 인터내셔널의 창설자 겸 최고경영자, 『회사 떠날 것인가 남을 것인가』의 저자

삶에 대한 시야를 넓혀주고 최선을 다해 살아갈 수 있는 힘을 키워주는 일화와 통찰들이 가득하다.
―브리이언 트레이시, 『성취심리』『개구리를 먹어라』의 저자

오랜 숙고와 체험의 결과물인 이 책은 우리가 결코 무시할 수 없는 진리들을 제시하고 있다. 충격, 자극, 격려와 함께 영원히 변할 각오를 해야 할 것이다.
―켄트 M. 케이스 박사, 그린리프 연구센터의 최고경영자, 『그래도Anway: 우리에겐 아직 희망이 있다』의 저자

마법과 같은 흡인력을 지닌 책이다. 서정적이고 시적이며 통찰이 가득한 이 책은 의미 있고 충만한 삶의 비밀들이 무엇인지 알려준다. 읽는 것만으로도 재미있지만, 이 책의 가르침을 실천한다면 더욱 큰 즐거움을 얻을 것이다.
―짐 코저스, 『크리스천 리더십 챌린지』『최고의 리더』의 공동저자

알고 있다고 생각하지만 그 가치를 모르고 있던 사실들을 깨우쳐준다. 이 책을 읽고 나면, 새로운 시각으로 남은 삶을 바라보고 그 삶을 사랑하게 될 것이다!
―조엘 바커, 미래학자, 『우리가 꼭 알아야 할 미래 시나리오》의 저자

일 년에 책을 딱 한 권만 읽는다면 부디 이 책을 읽기 바란다.
―래리 C. 스피어스, 그린리프 연구센터장

삶 자체로 언제나 내게 영감을 불어넣어준 내 할아버지 헨리 터펠에게 고마움을 전한다. 불행히도 그는 내가 그의 지혜들을 충분히 이해하고 습득하기 전에 세상을 떠났다. 하지만 이 책에 소개된 특별한 사람들의 삶 속에서 여전히 그의 목소리가 들리는 것만 같다. 나는 그의 반지를 긴 채 그가 남긴 유언을 실천하며 살아가고 있다.

일과 삶의 파트너인 아내 레슬리에게도 진심 어린 사랑과 감사를 전한다. 내 삶과 이 책에 대한 그녀의 편집 제안 덕분에 더 좋은 결과를 만들어낼 수 있었다. 그녀는 언제나 내 가슴을 춤추게 만들었으며, 지금도 춤추게 하고 있다.

일부러 시간을 내서 삶의 이야기들을 들려준 235명의 어르신들에게도 고마움을 전한다. 이분들의 모든 삶을 책에 담을 수 있었으면 좋았을 것이다. 이분들은 대부분 내게 친구가 돼주었다. 이분들이 일깨워준 것처럼, 친구는 그 무엇보다도 소중하다.

마지막으로, 해주신 말씀을 이 책에 그대로 인용할 수 없었던 어르신들에게 드리고 싶은 말씀이 있다. 그분들의 말을 그대로 인용하지는 않았지만, 그분들의 지혜도 이 책의 곳곳에 스며 있다는 것을 알아주었으면 한다.

—존 이조

* 이 책은 바이오그래피 채널을 위해 만들었던 연속 프로그램

〈죽기 전에 발견해야 할 다섯 가지〉를 토대로 썼다.

오늘은 죽기 좋은 날,
모든 생명체가 나와 조화를 이루고
모든 소리가 내 안에서 화음을 하고
모든 아름다움이 내 눈 속에 녹아들고
모든 사악함이 내게서 멀어졌으니
오늘은 죽기 좋은 날.
나를 둘러싼 저 평화로운 땅
저 한껏 조화를 이룬 저 들판
웃음이 가득한 나의 집
그리고 내 곁에 둘러앉은 자식들,
그래, 오늘이 아니면 언제 떠나가겠나

타오스 푸에블로 인디언의 노래

CONTENTS

할아버지의 지혜를 찾아서

내가 이 책을 쓴 것은 충만하고 의미 있는 삶의 본질을 밝히려는 평생의 탐구 덕분이다. 아주 어린 소년이었을 적부터 나는 의미 있는 삶과 행복한 죽음의 비밀을 알고 싶었다. 다른 무엇보다도 죽기 전에 깨달아야 할 삶의 진실을 알고 싶었다.

여덟 살이 되면서 아버지의 죽음으로 이런 탐구에 조급한 마음이 더해졌다. 당시 아버지의 나이 겨우 서른여섯이었기 때문이다. 삶은 지극히 짧을 수도 있으며, 참된 삶과 행복의 비밀을 발견할 시간이 앞으로 얼마나 남았는지는 그 누구도 알 수 없다는 사실을 그때 깨달았다.

운 좋게도 일찍부터 나는 죽어가는 사람들과 함께 시간을 보낼 수 있었다. 그리고 사람마다 다른 모습으로 죽음을 맞이한다는 사실을 발견했다. 깊은 만족감과 약간의 후회로 생을 마감하는 이들이 있는가 하면, 살아보지 못한 삶에 대한 괴로움이나 슬픈 체념을 안고 죽어가는 이들도 있었다. 이십 대 청년이었던 나는 무엇이 사람들로 하여금 이처럼 다른 죽음을 맞이하게 하는지 캐나가기 시작했다.

여러 해 전 마가렛이라는 어느 중년 여인은 내게 평생 "현관 흔들의자에 앉아 있는 노인"과 같은 마음으로 살려 했다고 말했다. 결정할 일이 있을 때마다 흔들의자에 앉아 지나온 삶을 뒤돌아보는 노인의 모습을 상상했다는 것이다. 그리고 그 노인에게 어떤 길을 선택해야 후회가 없을지 조언을 구했다고 했다. 참으로 아름다운 이미지였다.

이런 이야기를 듣자 한 가지 생각이 움트기 시작했다. 생을 마감할 나이가 되면, 삶의 중요한 지혜들을 깨닫게 될까? 삶의 의미와 행복을 충분히 발견한 사람들과 이야기를 나누다보면, 중요한 무언가를 배우게 될까?

'흔들의자에 앉아 있는 노인'의 마음으로 사는 법

여행을 떠날 때마다 나는 먼저 웹사이트를 둘러본다. 그리고 나보다 먼저 그곳에 머물렀던 수많은 여행자들의 경험담을 보고 투숙할 호텔을 고른다. 이들의 솔직한 평가를 토대로 '제대로 된 진짜' 호텔을 찾는 것이다. 여러 해 동안 나는 이런 간단한 방법으로 여러 개의 좋은 호텔들을 발견하고 최악의 호텔들은 피할 수 있었다.

충만하게 살다가 행복하게 죽는 사람들의 비밀을 발견하는 데도 이와 똑같은 방법을 적용할 수 있다. 삶의 의미를 발견한 사람들을 찾아내 이들의 이야기에 귀를 기울이면 잘 사는 비밀은 저절로 알게 된다. 그래서 나는 지난 일 년 동안 삶의 행복과 지혜를 발견한 수백 명의 인생 스승을 찾아 이들이 삶에 대해 깨달은 것들을 인터뷰하기 시작했다.

먼저 미국 전역과 캐나다에 거주하는 1만 5천 명의 사람들에게 질문지를 보냈다. "당신의 삶에 영향을 끼친 인생의 스승은 누구입니까?", "당신이 아는 어른 중에서 삶에 대해 중요한 무언가를 가르쳐줄 수 있는 분이 누가 있지요?"

그러자 수많은 답신이 쇄도했다. 추천 인물이 거의 천 명이나 되었다. 할 수 없이 예비 인터뷰로 235명을 추려냈다. 이들은 다양한 집단을 대변할 수 있는 인물들이었다. 또 다른 사람들에게 지혜롭다고 인정도 받았다. 나도 이들이 살아온 이야기와 삶의 비밀들을 알고 싶었다. 죽기 전에 우리가 깨달아야 할 비밀들을.

인터뷰한 사람들의 연령은 59세에서 105세까지 다양했다. 대부분이 북아메리카 출신이었지만 민족과 문화, 종교, 지리적 조건, 직업상의 지위 등은 달랐다. 또 삶에서 커다란 성공을 거둔 이들이 대다수였지만, 일부러 유명한 사람을 찾고자 한 것은 아니었다. 계층을 막론하고 특별한 지혜를 지닌 사람들과 만나고자 했다. 그래서 우리는 시골 이발사에서부터 교사, 회사 사장, 작가, 주부, 목사, 시인, 유대인 대학살에서 살아남은 생존자, 호주 원주민 추장, 회교도, 힌두교도, 불교도, 기독교도, 유대교도, 무신론자들에 이르기까지 다양한 사람들을 대상으로 다음과 같은 질문의 해답을 얻어내려 했다. "삶에 대해서 죽기 전에 반드시 깨달아야 할 점은 무엇인가?", "삶의 끝에 가까이 다가가 있는 사람들은 우리에게 무엇을 가르쳐줄 수 있을까?"

위에서 언급한 사람들과 짧게는 한 시간에서 길게는 세 시간까지 이야기를 나누었다. 인터뷰는 올리비아 맥보와 레슬리 나이트, 나 이렇게 셋이 담당했다. 우리가 던진 질문들은 이 책의 뒷부분에 소개했다. 당신에게 가장 큰 행복을 안겨주는 것은 무엇인가? 후회되는 점은 무엇인가? 살아본 결과, 정말로 중요한 것과 그렇지 않은 것은 무엇인가? 삶의 행로에 커다란 영향을 미친 주요한 기로들엔 어떤 것들이 있었나? 더 일찍 알았더라면 좋았을 점들은 무엇인가?

이 책은 네 부분으로 구성되어 있다. 첫 번째 부분에서는 우리가 사용한 방법론을 설명했다. 인터뷰 대상자들을 어떻게 선정하고 인터뷰했는지 알 수 있을 것이다. 두 번째 부분에서는 235명의 지혜로운 인생 선배들에게 배운 다섯 가지 비밀들을 설명하고, 세 번째 부분에서는 이 비밀들을 삶에 구체적으로 적용하는 방법들을 모색했다. 우리가 배운 것들 가운데는 아는 것만으로는 충분하지 않다는 가르침도 있었다. 실제로 지혜로운 사람들과 그렇지 않은 대부분의 사람들 간의 차이는 이 비밀들을 자신의 삶 속에 통합시켰는가, 그렇지 않은가에 있었다. 이 책의 마지막 부분에는 인터뷰 대상자들에게 우리가 던졌던 질문들을 정리해놓았다. 또 "행복하고 의미 있는 삶을 찾고자 하는 젊은이들에게 딱 한마디로 조언을 해준다면 어떤 말을 해주고 싶은가?" 하는 질문에 대한 최고의 답변들도 실어 놓았다. 에필로그에서는 이 인터뷰들이 내 삶을 어떻게 바꾸어놓았는지 뒤돌아보았다.

수백 명의 삶을 토대로 책을 쓴다는 것은 정말로 어려운 일이었다. 개개의 삶이 모두 독특하고, 고유한 배움의 기회를 제공해주었다. 하지만 수백 명의 이야기를 모두 소개하면 독자들이 자신의 생각을 정리할 수 없을지도 모른다는 생각이 들었다. 그래서 큰 표본을 대표하는 쉰 명가량의 사람들을 선별해서 이들의 개인적인 경험담을 소개했다.

또 성은 빼고 이름만 표기했다. 똑같은 사람을 여러 번 등장시킨 경우도 있는데, 이들의 이야기가 각각의 비밀을 설명하는 데 모두 도움이 되었기 때문이다. 하지만 소수의 특정한 이야기들만 소개되어 있어도, 우리가 인터뷰했던 사람들 대부분이 다섯 가지 비밀들을 알고 있었다. 이 책의 마지막 장을 보면 더욱 많은 지혜를 배울 수 있을 것이다.

죽기 전에 반드시 알아야 할 그들의 이야기

이 책은 삶의 모든 단계에 있는 사람들을 위한 것이다. 이제 막 삶의 여정을 시작한 젊은이들에게도 유용할 것이다. 인터넷에 통달한 젊은이들이 제품이나 여행지에 대한 타인들의 경험담을 인터넷이라는 그물망으로 낚아올리듯, 인생 선배들의 경험담도 흥미롭게 받아들였으면 좋겠다. 지혜는 꼭 나이가 들어야 깨칠 수 있는 건 아니다.

이 책은 나처럼 너무 늦기 전에 삶의 중요한 것들을 발견하고 싶어 하는 중년의 사람들에게도 유용하다. 또 지난 삶의 경험들을 뒤돌아보고 다음 세대들에게 지혜를 전할 방법을 찾고자 하는 노년의 사람들을 위한 책이기도 하다.

이 책의 영문판 원서 제목은 가볍게 정한 것이 아니다. '죽기 전에 발견해야 할 다섯 가지 비밀The five secrets you must discover before you die'이라는 제목에는 두 가지 핵심 요소가 담겼다. 하나는 실제로 삶에 '비밀'이 있다는 생각이다. 인터뷰를 해보니 행복하고 지혜로운 사람들은 모두 살면서 이 다섯 가지 비밀들을 발견했고, 그 결과 더 풍요롭고 행복한 인생을 살 수 있었다.

두 번째 요소, 즉 '죽기 전에'라는 말은 정말로 중요한 것들을 서둘러 깨달아야 한다는 점을 일깨워준다. 제목에 '죽기 전에'라는 말이 들어간 책을 쓰겠다는 생각을 처음으로 밝혔을 때, 많은 사람들이 엇갈린 반응을 보였다. 이들 가운데 반은 제목에 '죽기 전에'라는 말이 들어가면 우울한 느낌이 든다고 말했다. 반면에 나머지 반은 그 말을 '꼭' 넣어야 한다고 했다. '죽기 전에'라는 말이 삶에서 정말로 중요한 것들을 늦기 전에 깨달아야 한다는 점을 일깨워주기 때문이라는 것이었다. 실제로 이런 사람들에게서 가장 많이 들은 말 가운데 하나는 삶이 정말로 순식간에 지나가버린다는 것이었다. 대부분의 사람들이 반드시 알아야 할 것들을 발견할 시간이 무한정 남아 있는 것처럼 생각하지만, 사실 시간은 제한되어 있다.

인터뷰를 하는 내내 나는 각 만남의 목적을 기억하기 위해 애썼다. 하지만 연구자로서 열린 마음을 유지하는 것이 중요하다는 것도 잘 알고 있었다. 그래서 먼저 질문을 던지고 이들의 삶을 파악했다. 그런 후에 뒤로 물러나 앉아 이들의 회고담에서 얻을 수 있는 공통적인 지혜를 찾아보았다.

일을 끝냈을 즈음 비밀들은 아주 분명하게 제 모습을 드러냈다. 우리가 터득한 것들과 관련해서 가장 심오한 사실들 가운데 하나는 나이와 종교, 문화, 직업, 교육, 경제적 지위 같은 많은 차이에도 불구하고, 만족스런 삶의 비밀은 결국 똑같다는 것이었다. 삶에서 정말로 중요한 것은 종교나 인종, 신분처럼 우리가 흔히 타인과 우리를 구분하는 경계로 사용하는 것들을 초월하는 것 같았다.

우리 셋은 인터뷰를 하면서 기대 이상으로 감명을 받기도 했다. 또 인터뷰 전에 미리 질문지를 전달하지 않은 탓에, 질문과 답변 사이에 긴 침묵이 이어지기도 했다. 하지만 이 침묵 덕분에 우리도 똑같은 질문들을 놓고 지난 삶을 반추할 수 있었다. 우리에게 행복을 주는 것은 무엇인가? 삶에서 정말로 중요한 것은 무엇인가? 노년기에 접어들었을 때 우리는 이 질문들에 뭐라고 답하게 될까? 더 일찍 알았더라면 좋았을 것들은 무엇일까?

이 쉽지 않은 작업을 시작한 것은 미처 마무리 짓지 못한 개인적인 일 때문이기도 하다. 내 할아버지도 내가 살아오면서 만난 지혜로운 사람들 가운데 한 분이었다. 다른 가족들도 모두 할아버지가 아주 현명하고 통찰력이 대단한 분이었다고 말한다. 행복을 발견했을 뿐만 아니라, 당신의 삶 자체로 많은 사람들의 삶에 영향을 미쳤다는 것이다.

할아버지에게는 사랑해 마지않던 딸이 셋이나 있었다. 하지만 할아버지는 아들이 없는 것을 언제나 아쉬워했다. 내가 태어났을 때 내 어머니에게 이렇게 말했을 정도였다.

"존은 아들이야. 내가 가져보지 못한 아들. 그러니 존에게 내가 깨달은 삶의 비밀들을 가르쳐줄 테다." 하지만 할아버지는 내가 어렸을 적에 심장마비로 돌아가셨다. 결국 나는 이 책에 실린 질문들을 할아버지에게는 여쭤볼 수 없었다. 하지만 235명의 이야기들 속에서 할아버지의 목소리를 들을 수 있었다. 어디에 계시든 그가 환하게 미소 짓고 있다는 것도 알 수 있었다.

나이 들 때까지 기다리지 않아도 지혜로워질 수 있다. 삶의 비밀들은 언제든 발견할 수 있다. 그리고 일찍 발견할수록, 우리의 삶은 그만큼 더욱 충만해진다.

내가 만났던 분들 가운데 한 분은 이 작업의 가치를 이렇게 요약했다.

"자네가 하는 이 일 덕분에 단 한 명이라도 몇 해 일찍 삶의 비밀들을 터득한다면, 이 일은 그것만으로도 가치가 있을 것이네."

여러분도 이 여정을 즐기길 바란다. 나에게 이 여정은 때로 즐겁고 때로 고통스럽기까지 했다. 하지만 궁극적으로는 말할 수 없이 유익했다. 이 책을 읽으면서 여러분도 같은 경험을 했으면 좋겠다. 이 비범한 사람들과의 대화가 내 삶을 바꿔놓은 것처럼, 여러분도 이 책을 통해 자신의 삶을 뒤돌아보고 성취와 지혜에 이르는 자기만의 길을 더욱 진지하게 찾아나서기를 바란다.

어떻게 하면 행복하게 죽을 수 있을까?

— 1 —

나는 스스로에게 묻기 시작했다. 이토록 짧은 삶에서 나는 중요한 것을 정말로 발견했나? 죽음의 순간이 다가오면, 삶의 비밀을 발견했다고 말할 수 있을까? 나는 그렇게 쉰이 다 된 나이에 아내의 뇌졸중을 계기로 비로소 여행을 시작했다. 삶의 비밀들을 찾아나가는 여행을.

지혜의 9할은 제때에 지혜로워지는 것이다.

—시어도어 루스벨트—

그 어떤 부보다도 지혜가 더 중요하다.

—소포클레스—

왜 어떤 이들은 삶의 의미를 발견하고 행복하게 죽는 반면, 어떤 이들은 그렇지 못한 걸까? 행복을 발견하고 지혜롭게 사는 사람들이 간직한 비밀은 무엇일까? 가치 있는 삶을 사는 데 정말로 중요한 것은 무엇일까?

지혜롭게 살려면 우선 삶의 두 가지 기본적인 진실을 알아야 한다. 첫째는 우리에게 주어진 시간이 제한되어 있고 얼마가 남아 있는지도 알 수 없다는 점이다. 우리 앞에 백 년이 남았는지 삼십 년이 남았는지 누구도 알 수 없다. 둘째는 우리에게 주어진 시간은 이렇게 제한적이고 불명확하지만, 이 시간을 사용하는 방식에 따라 우리는 수많은 것들을 선택할 수 있다. 우리의 의식과 에너지를 집중할 수 있는 것들은 거의 무제한적이며, 궁극적으로는 이런 선택들이 우리의 삶을 결정짓는다.

대부분의 사람들은 '죽는다'나 '죽음'이라는 말을 좋아하지 않는다. 인간 활동의 대부분도 삶의 진실을 외면하기 위한 것들이다. 삶은 유한하며, 적어도 이 삶을 영원히 살 수는 없다는 진실 말이다. 여러분 중에도 제목에 '죽다'라는 말이 들어간 책을 선뜻 집어 들기가 어려운 이들이 있을 것이다. 유한성이라는 실제를 떠올리기만 해도 왠지 불안하고 두려움이 일기 때문이다. 지금 이 글을 읽는 동안에도 마음이 불편해서 얼른 다른 주제로 넘어가고 싶은 이들도 있을 것이다.

그래도 우리는 죽게 마련이며 아무리 부정하고 외면해도 주어진 시간이 유한하다는 사실에는 변함이 없다. 삶의 비밀을 발견하는 일이 그토록 중요한 것도 이 때문이다. 나이가 몇이든 죽음은 언제나 우리 가까이에 대기하고 있다.

젊었을 때는 죽음이 자신과는 상관없는 먼 일처럼 여겨지기도 한다. 하지만 죽음은 언제나 우리 가까이에서 삶을 허투루 살지 말아야 한다고 일깨워준다. 최근 케냐 여행 중에 죽은 서른세 살 친구의 장례식에 다녀왔다. 그 친구뿐만 아니라 온갖 연령대의 다양한 사람들을 위한 장례식에 참석하면서 나는 언제나 죽음이 삶과 함께 있음을 분명하게 깨달았다.

세인트루시아 출신으로 노벨상을 수상한 시인 데릭 월컷 Derek Walcott 은 시간이란 "사랑스런 악마"와 같다고 했다. 우리에게서 소중한 모든 것들을 앗아가버리기 때문이다. 적어도 이 생에서는 그렇다. 하지만 시간은 사랑스러운 존재이기도 하다. 바로 이런 유한성이 삶에 절박감과 의미를 부여하기 때문이다.

삶을 마감하는 순간
나는 어떤 생각을 하게 될까?

⌇ 단 한 번의 생을 최대한 만끽하려면 지식보다는 지혜가 있어야 한다. 지혜는 지식과 다르며 근본적으로 지식보다 중요하다. 지금 우리가 살고 있는 세상에서는 새로운 지식과 사실들이 육 개월마다 두 배로 늘어난다. 하지만 지혜는 충분히 공급되지 않고 있다. 지식이 사실들의 축적이라면, 지혜는 중요한 것과 그렇지 않은 것을 구분하는 능력이다. 정말로 중요한 것을 발견하지 못하면, 삶의 진정한 의미도 깨닫지 못한다.

내가 처음으로 가진 직업은 장로교 목사였다. 당시 이십 대였던 나는 덕분에 많은 시간을 죽어가는 사람들과 함께할 수 있었다. 이 경험을 통해 나는 사람마다 죽는 모습이 각양각색이라는 점을 깨달았다. 어떤 이들은 분명한 목적을 갖고 살아온 덕에 별 후회 없이 죽음을 맞이했다. 삶의 끄트머리에서 충만한 삶을 살았다고 느꼈다. 반면에 정말로 중요한 것을 놓쳐버린 탓에 괴로운 심정으로 지난 삶을 뒤돌아보는 이들도 있었다. 철없는 젊은이였지만, 내 눈에도 삶의 비밀을 발견한 이들과 그렇지 못한 이들이 분명하게 구분되었다.

죽음은 내게 추상적인 관념이 아니었다. 아버지가 불과 서른여섯에 돌아가셨기 때문이다. 그는 소풍을 갔던 어느 날, 자리에서 일어서다가 갑작스레 세상과 이별하고 말았다. 완벽과는 거리가 먼 삶이었지만, 이제 그마저도 끝나버린 것이다. 그렇다고 삶을 다시 살 수도 없었다.

나는 스물여덟이 될 때까지 장례예배를 수십 번 집도했다. 또 죽어가는 많은 사람들과 삶의 마지막 며칠을 함께했다. 인간의 유한성을 이렇게 가까이서 경험한 것이 내게는 큰 행운이었다. 바로 이런 경험들 덕분에 의미 있고 충만한 삶의 비밀들을 일찍부터 탐구하게 되었기 때문이다. 아주 젊은 시절부터 나는 죽음이 다가왔을 때 지난 삶을 후회 속에서 뒤돌아보지 않으리라 다짐했다.

내 아내 레슬리는 정식 교육을 받은 간호사이다. 그녀는 수술실과 소아암 병동, 응급실 등에서 일하면서 젊었을 때부터 인생의 유한성을 직접 목격했다. 우리는 정기적으로 죽음이라는 문제를 이야기하고, 죽음의 존재를 항상 인식하면서 살려고 노력한다.

레슬리는 여러 번 죽을 고비를 넘겼다. 태어날 때부터 심장이 기형이었던 탓에 생후 며칠도 안 돼서 수술을 받았고, 이후에도 큰 수술을 여러 번 받았다. 거기다 삼 년 전에는 삶의 불안함과 덧없음을 새삼 일깨워주는 일을 당했다.

그날 레슬리는 생명에는 지장이 없는 정기적인 외과치료를 위해 병원에 입원했다. 지금도 당시 열 살이던 딸 시드니가 "엄마, 수술 안 받아도 되지, 그치?" 하고 묻던 기억이 생생하다. 레슬리는 시드니를 안심시켜주고 그다음 날 아침 수술을 받았다.

그 후 사흘 동안 일어났던 일들을 생각하면 지금도 아찔하다. 수술은 잘 끝났지만 레슬리는 휘청거리며 불편해했다. 아이들과 나는 밤새도록 병원에서 레슬리와 함께 있었다. 다음 날 레슬리의 상태는 약간 호전되었다. 나는 레슬리가 휴식을 취하도록 초저녁에 병원을 나섰다. 레슬리에게는 사무실에 가서 일을 몇 가지 처리하고, 다음 날 점심 즈음에 병원으로 오겠다고 했다. 레슬리는 그날 안에 퇴원할 수 있으면 좋겠다고 했다.

그다음 날 아침 나는 열한시경에 병원으로 전화를 걸었다. 그런데 레슬리가 알아들을 수 없는 문장으로 말도 안 되는 소리들을 했다. 나는 부리나케 병원으로 달려갔다. 알고 보니, 레슬리가 한밤중에 뇌졸중을 일으켰다고 했다. 그녀의 나이 겨우 서른일곱이었다. 그녀는 사물이 세 겹으로 보여 신경 집중 치료실로 옮겨졌다.

그날 늦게 담당 신경과 의사가 내게 결정을 내리라고 했다. 지금까지 내 삶에서 가장 힘든 결정이었다.

"선생님 아내분께서 뇌졸중을 일으켰는데 그 이유를 모르겠습니다. 고혈압 치료를 해야 할지 말아야 할지 지금 선택을 해야 합니다. 이 방법을 쓰면 생명을 구할 수도 있지만, 출혈이 더욱 심해질 수도 있어요. 뇌졸중의 원인에 따라 결과가 달라지지요. 힘드시겠지만 선생님께서 결정해주셔야 합니다."

내가 수집한 정보들을 토대로 나는 그 방법을 허락하기로 했다. 이후 며칠간은 긴장과 두려움의 연속이었다.

같은 일이 일어나도, 사람들은 저마다 자기 식대로 경험한다. 아내가 이 일을 어떤 식으로 받아들였는지는 설명할 수 없다. 하지만 이후 몇 달간 내 마음은 소용돌이 속에 휘말려 있었다. 나는 말할 수 없이 바빴다. 모임과 일들로 일정이 빽빽이 들어차 있었다. 레슬리가 집에서 몸을 추스르는 동안에도 나는 내내 이런저런 일들로 분주했다. 지금 와서 돌이켜보면, 내가 원했던 것과는 달리 나는 그녀를 위해 그녀가 원하는 자리에 있어주지 못했다. 그러면서 끊임없이 스스로에게 질문했다. "이런 게 정말 제대로 사는 걸까? 정말로 중요한 게 뭐지?"

내 친구 짐 코제스는 "곤경은 우리를 자기 자신과 대면하게 한다"라고 했다. 그런데 내가 직면한 내 모습이 정말로 내가 원하던 모습인지 확신이 안 섰다. 아내가 서서히 회복되어가는 모습을, 한때는 아무렇지도 않게 해내던 간단한 일들을 할 수 있는 능력을 회복하기 위해서 매일같이 분투하는 모습을 나는 슬픈 마음으로 지켜보기만 했다. 그러면서 남은 생에 대해 생각해보게 되었고, 삶의 불안함과 덧없음도 새삼 깨달았다. 뇌졸중은 그렇게 우리에게 모닝콜과도 같은 역할을 해주었다.

그해가 저물 무렵 레슬리는 거의 정상으로 돌아왔다. 나는 말할 수 없이 감사했고, 일시적으로나마 구원받은 것 같은 느낌도 들었다. 하지만 우리는 이미 구원의 대가를 톡톡히 치렀다. 이 일로 건강과 삶에 대한 자신감이 산산이 깨진 것이다. 나는 스스로에게 묻기 시작했다. 이토록 짧은 삶에서 나는 중요한 것을 정말로 발견했나? 죽음의 순간이 다가오면, 삶의 비밀을 발견했다고 말할 수 있을까? 나는 그렇게 쉰이 다 된 나이에 아내의 뇌졸중을 계기로 여행을 시작했다. 삶의 비밀들을 찾아나가는 여행을.

이 책은 삶에서 정말로 중요한 것, 의미 있고 행복한 삶의 비밀들을 분명하게 깨닫고픈 내 욕망에서 비롯되었다. 나이가 들수록 나는 평생토록 내 안에 있던 의문들을 더욱 절박한 심정으로 묻게 되었다. 정말로 중요한 것은 무엇일까? 삶을 마감하는 순간 나는 어떤 생각들을 하게 될까? 남은 건 시간뿐인데, 이 시간을 지혜롭게 사용하는 방법은 무엇일까? 행복과 의미 있는 삶의 비밀들은 무엇일까?

삶의 황혼기에 느끼는
'기분 좋은 피곤'

우리가 가장 원하는 것은 두 가지인 것 같다. 프로이트는 쾌락을 구하고 고통을 피하는 것이 인간의 일차적인 욕망이라고 주장했다. 하지만 나는 프로이트의 주장은 틀렸다고, 틀려도 한참 틀렸다고 생각한다. 정신병 환자들을 상담하지는 않았지만, 평생 동안 여러 대륙에서 수많은 사람들을 만나고 그들의 이야기에 귀 기울이면서 내린 결론이다.

내 경험에 비추어볼 때, 인간이 가장 원하는 두 가지는 행복을 얻고 삶의 의미를 발견하는 것이다. "걱정하지 마. 행복하게 살아"라는 노래 가사에서처럼 행복은 하찮은 말처럼,

'아무 생각 없이 즐거운'이라는 의미처럼 여겨지기도 한다. 실제로 좋은 음식이나 섹스 같은 쾌락 덕분에 일시적으로 기분이 좋은 상태를 행복이라고 생각할 수도 있다.

하지만 내가 말하는 행복은 큰 기쁨과 깊은 만족감을 의미한다. 우리는 인간으로서 충만하게 살고 삶의 의미도 느끼고 싶어 한다. 조지프 캠벨Joseph Campbell은 빌 모이어스Bill Moyers와 함께 쓴 『신화의 힘The Power of Myth』에서 이런 심리를 이렇게 설명했다.

"우리가 추구하는 것은 살아 있음을 경험하는 것이라고 생각한다. 순수한 육체적 차원에서의 경험들이 우리의 가장 내적인 존재와 실제 안에서 반향을 일으키고, 살아 있음의 환희를 실제로 느끼는 것이다."

이것은 물론 영원한 기쁨의 상태를 의미하지는 않는다. 우리가 행복이라 부르는 경험을 만들어내는 하루하루의 만족과 기쁨을 가리킨다. 하루가 저물 무렵, 우리의 삶이 막을 내릴 무렵, 내 할아버지가 말했듯 '기분 좋은 피곤'을 느끼고 싶은 것이다. 우리가 원하는 것은 바로 이것이다.

하지만 행복만으로는 충분하지 않다. 우리는 삶의 의미도 발견하고 싶어 한다. 행복이 하루하루 만족과 기쁨을 경험하는 것과 연관되어 있다면, 의미는 삶에 목적이 있다는 느낌과 관련된 것이다. 프로이트의 제자로 나치가 만든 죽음의 포로수용소에서 살아남은 빅터 프랭클Victor Frankl은 의미를 추구하는 것이야말로 인간의 궁극적인 욕망이라고 주장했다. 인간은 무엇보다도 자신이 이곳에 존재하는 의미를 확인하고, 살아 있는 이유를 찾고 싶어 한다는 것이다.

어떤 이들은 이것을 '목적의식'이라 부른다. 그런가 하면 유산을 남기거나 소명을 발견하는 것과 관련된 것이라고 말하는 이들도 있다. 하지만 나에게 '의미'는 우리 외부의 무언가와 연결되는 것의 문제이다. 의미는 홀로 존재하지 않는 것과 관련되어 있다는 말이다. 삶에 의미가 있으려면, 내 삶이 나를 넘어선 어떤 것, 누군가와 연결되어 있어야 할 것이다.

그러므로 행복은 삶의 순간들과, 의미는 외부와의 연결의식과 관련되어 있다. 우리가 유한한 존재가 아니라면 행복만으로도 충분할 것이다. 하지만 유한성으로 인해 우리는 외부의 무언가와 연결되기를 원하고, 자신이 이곳에 존재하는 것이 중요하다는 것을 확인받고 싶어 한다. 그렇다면 행복과 의미의 비밀들은 어떻게 해야 발견할 수 있을까? 의미 있게 살다가 행복하게 죽는 법을 어떻게 발견해야 할까?

대부분의 사람들은 비틀비틀 삶의 길을 걸어간다. 길을 가면서 배움을 얻고, 종국에는 진정으로 중요한 것을 발견한다. 하지만 나이가 들어서야, 삶의 대부분을 지나온 후에야, 너무 늦어서 깨달은 것들을 실행할 수도 없을 때에야 비로소 지혜를 얻곤 한다. 더 많은 시간이 흐르기 전에 행복하고 의미 있는 삶의 비밀들을 발견할 수 있다면 얼마나 좋을까?

그러나 꼭 나이가 들어야만 삶의 비밀들을 발견할 수 있는 건 아니다. 삶의 비밀들은 도처에 존재한다. 또한 이 비밀들은 먼저 발견한 이들의 삶 속에서도 찾을 수 있다.

이 책에는 우리가 죽기 전에 발견해야 할 삶의 다섯 가지 비밀들이 들어 있다. 이 비밀들은 충만하고 의미 있는 삶의 원천이며, 지혜롭게 살아온 이들이 아직도 꾸역꾸역 산을 오르고 있는 우리에게 주는 선물이다.

'알기'와 '하기'의
놀라운 힘

내가 인터뷰들에서 얻은 것들을 굳이 '비밀'이라 부르는 이유는 무엇일까? 이 책에서 말하는 다섯 가지의 비밀들은 전에도 들어본 적이 있을 것이다. 그래도 이것들을 비밀이라 부르는 이유가 있다. 이것들을 진실로 믿고 실천하며 살아가는 이들이 극히 소수에 불과하기 때문이다. 요컨대 이 비밀들은 결코 새로운 것이 아니다. 삶의 의미와 행복을 발견했다는 다양한 부류의 사람들이 공통적으로 깨닫고 실천하던 것들이다.

『안나 카레니나』에서 톨스토이는 "행복한 가정이 행복한 이유는 모두 똑같지만, 불행한 가정들이 불행한 이유는 집집마다 다르다"라고 했다. 내가 만난 행복한 사람들 역시 공통적으로 다섯 가지 비밀에 따라 살아가고 있었다. 하지만 무엇보다 중요한 것은 따로 있다. 행복한 사람들은 이 비밀들을 아는 데서 그치지 않고, 그들의 삶 속에서 구체적으로 실천했다는 것이다.

운동이 유익하다거나 균형 잡힌 식사가 건강에 좋다거나 흡연이 몸에 해롭다거나 관계가 일보다 더 중요하다는 등의 사실들은 누구나 안다. 하지만 대부분의 사람들은 너무도 잘 알면서도 이런 '지혜'들을 매일 거스르며 살아간다.

이 책에서 나는 다음 두 가지 질문에 답하려 했다. 삶에서 정말로 중요한 것, 충만하고 의미 있는 삶의 비밀들은 무엇인가? 어떻게 해야 이 비밀들을 실천해서 계속 올바른 길을 걸어갈 수 있을까? 나는 이것들을 알기 knowing 와 하기 going 로 생각했다. 아는 것도 중요하지만, 그것만으로는 절대 충분하지 않다.

다섯 가지의 비밀들과 이것들을 삶 속에서 통합시키는 방법들을 알아보기 전에, 내가 이 비밀들을 어떻게 발견했는지에 대해 먼저 이야기하려 한다.

시골 이발사와의 아주 특별한 만남

— 2 —

조지 버나드 쇼는 "젊음은 놀라운 것이다. 젊은이들이 이것을 낭비하는 것은 안타까운 일이다"라고 했다. 사는 방법을 터득하는 데 평생이 거의 다 걸리며, 진정으로 중요한 것을 깨달을 즈음이 되면 삶이 끝나는 경우가 흔하다는 의미이기도 하다. 다섯 가지 비밀을 가르쳐준 235명의 인생 스승들 발치에 앉아서 함께 이야기를 듣자고 여러분을 초대하는 이유도 여기에 있다.

지혜를 터득하는 길은 세 가지다.
가장 고귀한 첫 번째 길은 성찰이고, 가장 고통스러운
두 번째 길은 경험이며, 가장 쉬운 세 번째 길은 모방을 통해
지혜를 얻는 것이다.

―공자―

이국적이고 신비로운 곳으로 여행을 떠날 계획이라고 하자. 당신은 돈을 모으고 준비를 한다. 여행을 하는 방법은 무수히 많지만 모든 것을 시도해보기에는 시간이 충분치 않다. 기회는 이번 한 번뿐이다. 그런데 얼마 전 이웃의 누군가가 그곳에 다녀왔다고 한다. 그렇다면 그들을 저녁식사에 초대해서 그들이 찍은 사진과 여행담을 들어보고 싶지 않을까? 그들에게 조언을 구하고 싶지 않을까?

삶도 이 여행과 같아서 딱 한 번밖에 경험할 수 없다. 적어도 우리가 아는 삶의 형태에서는 그렇다. 우리에게 주어진 시간은 제한적이며, 그 끝이 언제인지도 명확하지 않다. 그렇기에 인생이라는 단 한 번뿐인 여행에서 깊은 의미와 행복을 느끼는 사람들이 있는 반면, 끝내 자신의 여행 방식을 후회하게 되는 이들도 있다. 그렇다면 이미 여행을 다녀오고 여행에서 깨달은 것들을 이야기해줄 수 있는 사람의 말에 귀 기울여보는 것도 좋지 않을까?

내가 가진 재능들 가운데 하나는 언제나 다른 사람들의 말에 관심을 갖는다는 점이다. 처음 만나는 사람도 얼마 안 돼서 마음을 열고 내게 자신의 삶을 솔직하게 털어놓는다. 이는 분별하지 않는 내 성격 때문이기도 하지만, 타인들의 이야기에 귀 기울이는 것이 지혜를 더욱 효율적으로 터득하는 길이라는 믿음 때문이기도 하다. "이야기하는 편이 더 좋을 때도 평생 들어주며 살아라. 그러면 그 보답으로 지혜가 주어진다"는 말처럼 말이다.

인생의 지혜를 간직한
할머니·할아버지들을 찾아서

나는 만족스럽고 의미 있는 삶의 비밀과 지혜를 찾아 나서면서 먼저 타인들의 이야기에 귀를 기울였다. 그 방법은 '프롤로그'에서 잠깐 언급했다. 나이 지긋한 어르신들 중에 삶의 의미와 행복을 발견한 분들을 소개해달라고 수천 명의 사람들에게 부탁한 것이다. 삶의 행복을 발견한 사람이 있다면, 주변 사람들이 그를 모를 리 없을 것이라고 확신했기 때문이다.

또 삶의 의미가 무엇인지 굳이 규정하지도 않았다. 의미를 발견한 사람을 찾으면, 그 비밀 또한 발견할 수 있으리라 믿었기 때문이다. 부탁을 받은 사람들이 삶의 의미를 발견한 인생의 스승이나 선배를 한 사람이라도 소개해준다면, 이 과정에서 진정으로 특별한 사람들을 만나게 될 것 같았다. 또 이들이 살아온 이야기들을 듣다보면 내가 찾던 진정한 비밀도 발견할 수 있을 것 같았다.

1만 5천 명의 사람들에게 추천을 부탁하고 나자, 매일 아침 사무실로 음성메시지와 이메일, 편지들이 쇄도했다. 모두 인생의 황혼기에서 정말로 중요한 것을 발견한 친구나 부모, 동료들을 추천하는 내용이었다. 우리는 예비 인터뷰로 400명이 약간 넘는 후보들을 선별했다. 이후 한층 심층적인 대화로 최종 235명의 인터뷰 대상자를 확정했다.

확정 작업을 끝낸 후에는 한 시간에서 세 시간씩 얼굴을 맞대고 혹은 전화로 이들을 인터뷰했다. 살아오면서 이들이 터득한 것들을 발견하기 위해서였다. 우리는 이들에게 여러 개의 질문들을 던졌다. 당신에게 행복을 가져다준 것은 무엇인가? 삶에 의미를 부여해준 것은? 시간을 앗아가는 것은 무엇이었나? 삶을 다시 살 수 있다면, 무엇을 다르게 하고 싶은

가? 당신만이 말해줄 수 있는 비밀들은 무엇이며, 이 비밀들을 어떻게 삶 속에서 실천했나? 삶의 행로를 바꾼 주요한 기로들에는 어떤 것들이 있었나? 죽음에 대해서 어떤 느낌을 갖고 있나? 무엇보다도 우리는 이들이 살아온 방식과 이들의 삶을 돋보이게 하는 실천 사례들에 귀를 기울였다. 그리고 이런 이야기들 속에서 비밀들을 찾아내려고 애썼다.

이 책의 특색은 단순히 많은 인생 선배들과 삶에 대해 대화를 나누었다는 점에 있지 않다. 다른 사람들, 특히 훨씬 젊은 사람들에게 삶의 의미와 행복을 발견한 것으로 인정받은 어르신들을 인터뷰했다는 데에 진정한 의의가 있다.

누구나 한 번쯤은 살면서 자신보다 지혜로운 연장자를 만난 적이 있을 것이다. 나도 젊었을 때 만났던 경험이 있다. 그들은 삶에 대해 무언가 알고 있는 사람처럼 보였다. 그들은 고모였을 수도 삼촌이나 스승이었을 수도 있다. 우리의 삶 속에는 이처럼 '그것'을 발견한 것 같은 이들이 있다. 이들은 세월 속에서 지식을 지혜로 벼려낸 사람들이다. 이런 사람들에게 삶의 실제는 더 이상 단순한 지식이 아니다.

물론 나이가 많다고 모두가 지혜로운 것은 아니다. 세상에는 삶에 대한 원망으로 가득 찬 사람들, 세월 속에서 거의 깨달은 것이 없는 사람들도 많다. 그래서 우리는 나이도 많고, 진정으로 중요한 것이 무엇인지를 알고, 이것을 자신의 삶 속에 통합시키는 능력도 갖춘 사람들을 선별해서 이들과 대화를 나누었다.

나이 듦의
지혜

요즈음에는 인생 선배들과의 대화를 통해 진정한 삶의 방식을 발견하는 사람들이 별로 없다. 젊음을 지향하는 문화, 컴퓨터든 차든 사람이든 무조건 새롭고 현대적인 것을 가치 있게 여기는 문화 속에서 살고 있기 때문이다.

로마 속담에 "나이 든 어른이 없는 집은 어른을 사야 한다"라는 말이 있다. 인류문화에서 수천 년간 어른들을 존경한 데는 이유가 있다. 이십 년을 가감해서 일흔다섯 살의 평균수명도 경험을 통해 삶에 필요한 모든 지혜를 터득하기에는 충분한 시간이 아니기 때문이다.

지난해 나는 탄자니아에서 여러 부족과 많은 시간을 함께 보내는 특권을 누렸다. 어른들을 인터뷰하겠다는 생각이 처음으로 떠오른 것도 바로 '어르신'들을 존경하는 이 부족들과 함께할 때였다. 이 부족들 가운데 이라크Irak족에서는 쉰

살이 되면 어른들의 평의회에 들어갈 자격을 얻는다. 이들에게는 여성과 남성들을 위한 평의회가 따로 있었다. 또 이전의 모든 삶은, 부족을 위해 중요한 결정을 내리는 이 평의회에 들어가기 위한 준비 과정으로 여겼다.

한번은 나와 동갑인 마흔아홉 살의 부족민을 만난 적이 있다. 그는 이제 막 어른이 될 위치가 돼서 말할 수 없이 좋다고 했다. 그 순간을 위해 그가 지난 세월 얼마나 열심히 준비했는지 쉽게 짐작할 수 있었다.

부족민들이 이런 과정을 설명하다가 우리에게 물었다.

"당신네 사회에서는 어른들의 평의회가 어떤 식으로 움직이나요?"

거의 쉰을 넘기거나 쉰에 가까운 우리 열다섯 명의 북아메리카인들은 순간 당황했다. 우리에게는 어른들의 평의회 같은 것이 없으며, 우리 사회에서 나이 드신 분들은 흔히 양로원에 들어가거나 젊은이들과 떨어져 지낸다고 설명했다. 우리가 사는 사회에서는 나이보다 젊음을 더 중시하기 때문이라고 말이다.

그러자 그들은 경악을 금치 못했다. 어떻게 그럴 수가! 그들끼리 대화를 나누고 나더니, 우리에게 고향으로 돌아가면 평의회를 구성해서 "젊은이들이 어르신들의 말에 귀를 기울이도록 하라"고 진지하게 조언했다. 우리는 동아프리카의 그

산속에서 몇 분 동안 짐짓 태연하게 앉아 있었다. 그들의 말을 들으니 참으로 좋은 아이디어라는 생각이 들었다. 또 나이 들면 흔히 귀 기울여 들을 만한 지혜가 생겨난다는 것을 인류 역사의 대부분 동안 자연스러운 일로 여겨왔다는 점도 떠올랐다. 그러나 우리 사회에서는 이런 인식이 이미 사라져버리고 없었다.

이라크 부족민들은 종종 평의회에 젊은이들을 손님으로 초대한다고 했다. 젊은이들 가운데도 이미 지혜를 터득한 이들이 있기 때문이었다. 얼마나 훌륭한 교훈인가! 삶의 비밀은 나이에 상관없이 언제나 발견할 수 있는 것이다.

이 일을 하는 동안 우리는 영광스럽게도 원주민 어르신들을 여럿 인터뷰할 수 있었다. 캐나다와 미국의 원주민 문화에서는 나이 든 사람들 가운데 일부를 '어르신'이라 부른다. 이라크족과 달리, 나이만 갖고 결정하는 것은 아니며 지명이나 투표도 없다. 그냥 어느 시점에서 어떤 사람이 확실하게 지혜를 발견한 것 같으면, 그를 어르신으로 인정해준다. 나이를 막론하고 이들에게서 배울 것이 있기 때문이다. 마찬가지로 이런 문화에서는 조상들의 영혼도 존중한다. 조상들에게 지혜라는 선물을 받을 수 있다고 믿기 때문이다.

갈수록 도시화되고 이동성이 강한 현대사회에서는 세대를 초월하는 시각들이 상당 부분 잊혔다. 몇 해 전 브라질에서 한 소년을 만났는데, 그는 동네에 사는 한 노인과 가장 가까운 친구로 지낸다고 했다. 이런 종류의 우정은 선물과 같다. 그러나 이른바 선진국에 사는 대부분의 젊은이들은 이런 우정을 거부한다. 조언이나 충고 듣기를 꺼리는 성향이나 사회 때문이다.

지혜는 보면 알게 된다. 우리가 인터뷰한 사람들 가운데는 내 친구 봅도 있었다. 그는 캐나다에서 여러 원주민 부족과 폭넓은 활동을 했다. 그런데 몇 해 전 키가 120센티미터 정도밖에 안 되는 원주민 여인과 산책을 하던 중에, 그녀가 그를 올려다보면서 이렇게 말했단다.

"우리 문화에서라면 당신도 어르신이 되었을 거예요."

봅과 몇 걸음 걷기만 하고도, 자신이 지혜와 대면하고 있음을 알아차린 것이다.

우리가 인터뷰한 235명의 사람들은 59세에서 105세까지 연령이 다양했다. 대부분이 북아메리카 출신이었지만, 종족과 종교, 문화, 세대, 거주지, 직업적인 위치 면에서는 경계가 없었다. 시골 이발사에서부터 교사, 회사 사장, 전업주부, 원주민 추장에서 예술가에 이르기까지, 다양한 사람들에게 다음과 같은 질문의 답을 구했다. 죽기 전에 삶에 대해서 무엇을 발견해야 할까? 삶을 거의 다 산 사람들은 삶에 대해서 무엇을 가르쳐줄까?

마법의 나이
예순

꙳   인터뷰를 처음 시작할 때부터 '마법의
나이'를 예순으로 정한 것은 아니었다. 처음에는 갓 쉰이 넘
은 사람들도 인터뷰했다. 그러다 스물다섯 명가량 인터뷰를
하고 난 후 인터뷰를 담당했던 세 사람이 의견을 나누었다.
그런데 하나같이 예순이 넘은 사람과 그렇지 않은 사람 사이
에 커다란 차이가 있다고 했다. 그 차이를 설명하자면, 예순
에 즈음해서야 삶을 뒤돌아보기 시작한다는 것이 가장 정확
할 것이다.

예순 이전에는 아직 삶의 경험 속에 휩싸여 삶과 충분한
거리를 유지할 수 없는 것 같았다. 그러다 세월이 더 흘러 예
순을 넘으면, 더욱 신비롭고 아름다운 어떤 것이 사람들을
한층 지혜롭게 해주는 것 같았다. 나이와 지혜 사이에 신비
롭거나 혁명적인 어떤 연관성이 있기 때문일 것이다. 나이가
들면서 성찰을 하게 되고, 덕분에 죽기 전에 터득한 것들을
전할 수 있게 되는 것이다.

요컨대 사람들은 예순에 가까워지면 자신의 삶을 뒤돌아
보게 된다. 예순을 '지혜의 나이'라고 부르는 이유도 여기에
있다. 노벨상을 수상한 리투아니아 출신의 시인 체슬라브 밀

로즈Czeslaw Milosz도 삶의 막바지에 이르러서야 평화를 느꼈다. 이 평화는 죽음에 대한 생각과 연관되어 있었다. 어쨌건 우리도 모두 이런 사실을 알아차렸기 때문에 예순을 넘긴 사람들에게 온 노력을 집중했다.

그렇다고 예순이 안 된 사람 중에는 지혜로운 이들이 드물다는 말은 아니다. 사실 나이가 몇이든 삶의 다섯 가지 비밀들을 발견하고 이에 따라 살아갈 수 있다. 이것은 이 책의 기본 전제이기도 하다. 더 정확히 말해서, 자신의 삶을 돌아볼 줄 아는 사람들과 대화를 나누다보면 삶에 대한 고유한 시각을 얻을 수 있다. 또 삶이 끝나봐야만 정말로 행복을 발견했는지 확실하게 알 수 있는 경우도 있다. 예를 들어 서른에는 아주 행복하고 만족스러운 삶을 사는 것 같다가도 고통스럽고 불행하게 삶을 마감하는 이들도 있다. 그래서 우리는 삶의 막바지에 이른 사람들과 대화를 나누는 편이 더 현명하다고 생각했다.

인터뷰들을 마치고 나자, 죽기 전에 발견해야 할 다섯 가지 비밀들이 선명하게 떠올랐다. 우리가 인터뷰를 한 사람들은 아주 다양했지만, 그들이 들려준 이야기들의 핵심은 같았기 때문이다. 그 핵심은 종교나 종족, 문화, 성, 사회경제적 지위처럼 흔히 우리를 갈라놓는 여러 경계들을 초월해 있었다. 정말로 중요한 것, 우리의 삶에 의미를 가져다주는 것에 관한 한, 인간의 여정은 보편적인 모습을 보이며 종교적인 가르침이나 문화에도 구속되지 않았다.

조지 버나드 쇼는 "젊음은 놀라운 것이다. 젊은이들이 이 것을 낭비하는 것은 안타까운 일이다"라고 했다. 사는 방법을 터득하는 데 평생이 거의 다 걸리며, 진정으로 중요한 것을 깨달을 즈음이 되면 삶이 끝나는 경우가 흔하다는 의미이기도 하다. 다섯 가지 비밀을 가르쳐준 235명의 인생 스승들 발치에 앉아서 함께 이야기를 듣자고 여러분을 초대하는 이유도 여기에 있다.

가슴이 시키는 대로 살아라

— 3 —

또 하나의 비밀은 가슴이 시키는 대로 살고 있는지, 현재의 삶이 진정 자신의 삶인지를 계속 물어야 한다는 것이다. 의미 있게 살다가 행복하게 죽는 이들은 계속 질문을 던졌다. 망망대해에서 바람의 방향에 따라 돛의 위치를 바꾸는 선원들처럼 인생의 바다를 가로지르며 작은 것들을 조정해나가, 결국엔 자신이 의도했던 지점에 도달했다.

삶에서 가장 큰 비극은 물고기를 잡는 데 평생을 바쳤는데
그 물고기가 자신이 찾던 물고기가 아님을 발견하는 것이다.

― 헨리 데이비드 소로 ―

삶의 의미에 대해 수백 명의 어른들과 대화를 나누는 것은 개인적으로 축복인 동시에 도전이었다. 그들의 이야기는 심오하고 흥미로웠으며 때론 날카롭기까지 했다. 우리는 어른들에게 미리 질문지를 보여주지는 않았다. 그래서 어른들은 무의식적으로 알고 있던 것들을 이번 대화를 계기로 발견해내기도 했다. 이렇게 지혜로운 어른들이 자기 행복의 비밀을 발견해내는 장면을 목격하다 보면 때로 놀라운 느낌이 들었다. 한편 그들 스스로 이미 잘 알고 있던 진실을 내게 나누어주는 경우도 있었다. 그들은 오래전에 터득한 진실을 얼마 전부터는 다른 사람들에게 다양한 방식으로 가르쳐주기까지 하고 있었다.

우리는 우리가 들은 많은 이야기들 속에서 공통적인 내용을 찾아내야 했다. 어른들은 똑같은 내용을 아주 다양한 말로 표현했다. 이들의 이야기를 듣다보면, 어린 시절에 즐겨 하던 놀이가 생각났다. 사람들끼리 순서대로 비밀을 전달하는 놀이였는데, 한 사람이 옆 사람에게 귀엣말로 비밀을 속삭여주다 보면, 나중에는 처음의 메시지를 거의 파악할 수 없게 되었다. 그래서 나는 지혜의 공통적인 핵심을 발견하기 위해, 특정한 말과 이야기에 얽매이지 않고 주의 깊게 이들의 말에 귀를 기울였다. 가장 분명하게 두드러지는 한 가지, 만족과 행복에 이르는 확실한 비밀을 찾는 것이 내겐 가장 중요한 문제였기 때문이다. 나는 그런 비밀이 분명히 존재하며, 지혜롭게 살고 싶으면 먼저 이것부터 발견해야 한다고 믿었다.

어른들의 이야기에는 반복적으로 등장하는 말과 생각들이 있었다. 예를 들어 그들은 한결같이 이런 말을 했다. "당신의 가슴이 시키는 대로 해야 합니다", "자기 자신에게 진실해야 돼요", "자신이 어떤 사람이고 이곳에 존재하는 이유가 무엇인지 알아야 합니다", "자신에게 중요한 것이 무엇인지를 깨달아야 합니다" 의미 있게 살다가 행복하게 죽는 이들이 우리 대부분의 사람들과 다른 점은, 자신이 원하던 삶을 살고 있으며 가슴의 소리를 따르고 있는지를 끊임없이 스스로에게 물어본다는 것이다.

깨어 있는 삶을
선택하라

꿈 가슴이 시키는 대로 하고 자신에게 진
실하려면, 먼저 깨어 있어야 한다. 소크라테스는 성찰하지
않는 삶은 살 가치가 없다고 했다. 자신의 삶이 정도를 가고
있는지 끊임없이 성찰하지 않으면 결국 다른 누군가의 삶을
살게 될 위험성이 크다는 말이다. 그러면 삶이 끝날 때 평생
동안 자신이 아닌 다른 사람의 길을 걸어 왔다는 끔찍한 깨
달음에 직면하고 만다.

어른들의 말을 통해 우리는 자신의 삶이 올바른 방향으로
나아가고 있는지 더 많이 성찰하고 끊임없이 질문을 던져서,
자신이 원하는 삶에 더 가까이 다가가도록 부단히 조정해나
가는 것이 곧 지혜임을 깨닫게 된다. 그러나 대부분의 사람
들은 전혀 자신의 삶을 돌아보지 않는다. 그저 닥치는 대로
살아갈 뿐, 자신이 원하는 길에 어떻게 하면 더 가까이 다가
갈 수 있는지는 고민하지 않는다.

예순두 살의 엘사는 성찰과 깨어 있음의 핵심을 분명하
게 요약해주었다. 행복과 삶의 의미를 찾는 문제에 대해서
젊은이들에게 한마디로 조언을 해달라고 부탁하자 이렇게
말했다.

"그럴 수는 없어요. 누군가에게 행복의 비밀을 말해주려면, 먼저 마주 앉아서 그의 눈을 깊이 들여다보고, 그가 어떤 사람이며 꿈은 무엇인지 파악해야 합니다. 자기 자신에게 진실해지는 것이 바로 행복의 비밀이기 때문이에요."

누구에게나 자신에게 가장 잘 맞는 길이 있으며 이 길을 따르면 행복을 찾을 수 있다. 행복한 사람들은 무턱대고 중요한 문제에 초점을 맞추지 않는다. 스스로에게 정말 중요한 문제에 초점을 맞추고 있는지 질문을 던진다.

정말로 중요한 세 가지 질문

그렇다면 어떻게 해야 자신에게 진실해질 수 있을까? 그 해답은 삶의 목적을 갖고 세 가지 중요한 질문들을 정기적으로 끊임없이 자신에게 던지는 것이다.

- 나는 가슴의 소리에 따르고 있는가? 나 자신에게 진실한가?
- 나에게 정말로 중요한 문제들에 집중하고 있는가?
- 세상에서 내가 원하는 사람이 되어가고 있는가?

조지는 칠십대의 은퇴한 물리학 교수였다. 그는 거의 사십 년 동안 수천 명에 달하는, 여러 세대의 젊은이들을 가르쳤다. 그는 "자기 가슴의 소리에 따르는 학생들과 그렇지 않은 학생들 사이에는 큰 차이가 있었다"고 했다.

학생 중에는 부모나 다른 사람의 꿈을 좇는 이들, 자신의 적성에 잘 맞지도 않는 분야에 어쩌다 발을 들여놓은 이들도 있었다. 이런 학생들은 언제나 방황을 일삼는다고 했다. 하지만 자기 가슴의 소리에 따르는 학생들은 그렇게 총명하지 못해도 어떻게든 어려움을 극복해냈다. 여러 해가 지난 뒤 학생들을 만나보면, 가슴의 소리에 따른 학생들은 계속 잘 해나가고 있는 반면에 그렇지 않은 학생들은 여전히 삶과 투쟁하고 있는 것처럼 보였다.

조지 박사가 그의 제자들에게서 발견한 것처럼, 다른 인생 선배들과의 대화에서도 자신에게 진실한 것이 얼마나 중요한지, 그러지 않을 경우 어떤 고통이 우리를 집어삼키는지 다시금 확인할 수 있었다.

자신에게 진실하지 못하는 원인은 흔히 아주 어린 시절에서 찾을 수 있다. 자신이 삶에서 정말로 원하는 것이 무엇인지를 스스로에게 묻는 대신, 타인들과 자신을 비교하는 것이다. 인터뷰한 사람 중에 앤터니라는 여든다섯 살의 배우가 있었다. 그는 아직도 정기적으로 연출과 공연을 하고 있었다. 칠십 년 가까운 세월 동안 그는 자신에게 가장 진실하다고 여겨지는 길을, 연기로 사람들을 즐겁게 하는 길을 좇아왔다. 그래선지 그의 주치의도 그에게 이렇게 말했다. "지금 무슨 일을 하시는지는 모르지만 그 일을 계속 하세요. 그 일이 당신에게 좋은 영향을 미치고 있습니다." 앤터니는 내게 이렇게 말했다.

"저는 그냥 저 자신에게 진실했을 뿐이에요."

그는 또 아주 어렸을 적 이야기도 들려주었다. 그는 언제나 몇 학년 위인 형들을 지켜보면서 해마다 그들 가운데 한 명을 골라서 '저 형처럼 되고 싶다'고 생각했다. 그러던 어느 날 자신은 그 형이 아니라는 것을 깨달았다. 행복으로 가는 길은 자신이 그 형들 가운데 누구와 닮고 싶은지를 결정하는 것이 아님을 깨달은 것이다. 그 길은 자신에게 가장 맞는 것을 발견하는 데 있었다. 그는 이렇게 말했다.

"다른 누구도 흉내 내지 마세요. 그냥 자기 자신이 되어야 합니다."

몇 해 전 어느 잡지사에서 나를 "제2의 톰 피터스Tom Peters가 될 가능성이 가장 큰 사람"으로 선정했다. 톰 피터스는 『초우량 기업의 조건』이라는 책으로 널리 알려진 경영학자다. 잡지에 기사가 실리고 몇 해가 지난 후, 내 전국 강연여행을 기획하는 사람들과 만남을 가졌다. 그들은 나만의 특장점이 무엇인지를 물었다. 나는 잡지 기사 이야기를 들려주고, 내가 제2의 톰 피터스가 될 가능성이 가장 높은 사람으로 선정되었다는 사실도 알려주었다.

그런데 이 이야기를 하자마자 세계에서 가장 큰 대중강연 기획사의 사장이 얼굴을 찌푸리면서 퉁명스럽게 말했다.

"당신이 제2의 톰 피터스가 되는 걸 원하는 게 아닙니다. 톰 피터스는 이미 있어요. 내가 원하는 건 당신이 최고의 존 이조가 되는 것입니다."

조지 박사가 그의 학생들에게 상담을 해주었던 것과 똑같은 방식으로 내게 조언을 해준 것이다. 자신에게 가장 먼저 물어봐야 할 것은 "나는 지금 나 자신에게 진실한 삶을 살고 있는가?"이다.

삶이 과녁을 벗어나지 않았는가?

젊은 시절 프로테스탄트 신학교에 다닐 때 그리스어와 히브리어를 배웠다. 성경의 '죄sin'라는 말은 고대 그리스어에서 유래했고, 이 그리스어의 연원은 궁술에 있다. 죄라는 말은 궁술에서 화살이 과녁을 빗나가는 것처럼 '과녁을 놓치다'라는 의미에서 유래된 것이다.

가장 큰 죄는 삶의 목적이라는 과녁을 벗어나는 것이다. 영국의 위대한 시인 워즈워드가 그의 『서곡The Prelude』에서 시인이 되지 않았다면 "큰 죄를 저질렀을 것이다"라고 말한 것도 이 때문이다. 이런 맥락에서 목적을 갖고 산다는 것은 곧 "내 삶이 과녁의 중심에 얼마나 가까이 다가가 있는가?" 하고 질문을 던지는 것과 같다.

자신에게 진실해지는 방법 중 하나는 일상의 차원에서 자기 영혼의 목소리에 따라 살아가는 것이다. 나는 사람들에게 삶의 문제들은 아주 일상적인 차원에 있다고 즐겨 말한다. 행복하고 목적에 충실한 삶은 즐거운 하루하루가 쌓여서 만들어진다. 내가 만난 지혜로운 사람들도 하루하루가 얼마나 소중한지를 잘 알고 있었다.

내 할아버지도 내 삶에 등장했던 지혜로운 인생 선배 가운데 한 분이었다. 그는 하루가 저물 무렵에 밀려오는 '기분 좋은 피곤'을 이야기하곤 했다. '기분 좋은 피곤'은 '기분 나쁜 피곤'과는 정반대로 그날 하루 자신에게 진정으로 중요한 일들에 집중했을 때 찾아오는 것이라고 했다. 무언가에 승리했지만 자기에게 진실하지 않았음을 깨달을 때는 '기분 나쁜 피곤'이 몰려온다고도 했다.

그러므로 자신을 알기 위한 첫 번째 조건은 자신에게 '기분 좋은 피곤'을 선사하는 것이 무엇인지를 파악하는 것이다. 가장 간단한 방법은 성찰을 좀 더 많이 하는 것이다. 하루가 '기분 좋게 피곤'했으면, 그런 만족감을 가져다준 요소들이 무엇인지를 파악한다. 반대로 기분 나쁘게 피곤한 날이 있었으면 그런 느낌을 불러온 요소들을 되짚어본다.

얼마간 이런 간단한 수행을 한 덕에 나는 그동안 몰랐던 여러 가지 사실들을 발견할 수 있었다. 기분 좋게 피곤한 날이면 나는 어김없이 낮에 외출을 했다. 공원에서 십오 분간 짧게 산책만 해도, 엄청난 차이가 생겼다. 또 기분 좋게 피곤한 날에는 거의 언제나 친구나 가족들에게 시간을 할애했다. 또 일을 과제로 여기지 않고, 일에서 차이를 만들어내는 데 집중했으며, 낮에는 운동을 했다.

반대로 기분 나쁘게 피곤한 날에는 친구나 가족과 함께할 시간도 없이, 책을 읽거나 무언가를 배울 시간도 없이, 하루 종일 일에만 매달렸다. 이런 단순한 차이들을 파악하고 성찰한 덕분에 기분 좋게 피곤한 날들을 늘려나갈 수 있었다. 이런 양상은 내가 만난 사람들에게서도 똑같이 확인할 수 있었다. 행복한 사람들은 자신에게 무엇이 행복을 가져다주는지를 파악하고, 그것들을 우선시했다.

나는 지금까지 살아오면서 테니스를 그만둔 적이 거의 없다. 테니스 코트에 있을 때는 시간의 흐름을 잊어버렸기 때문이다. 시간을 잊는다는 것은 조지프 캠벨이 말한 것처럼 "자신에게 행복을 주는 근원을 따르는" 것과 같다. 그런데 몇 해 전 여름 테니스 캠프에 참가했을 때, 그곳에 있던 스태프들이 내게 다음과 같은 조언을 해주었다.

대부분의 사람들은 테니스를 치는 동안 생각을 별로 안 한다고 한다. 점수를 따면 기뻐서 춤을 추고 점수를 잃으면 낙담할 뿐이다. 자신이 왜 이기고 왜 지는지는 되돌아보지 않고 말이다. 그들은 한 가지 간단한 기술을 가르쳐주었다. 점수가 날 때마다 다음의 세 가지를 질문해보라는 것이었다. 내가 이긴 것인가, 진 것인가? 내가 이겼다면, 혹은 졌다면 그 원인은 무엇인가? 지금 터득한 것을 발판 삼는다면, 다음번에는 어떻게 해야 할까? 이런 조언에 따른 결과, 내 테니스 실력은 몰라보게 향상되었다. 삶도 마찬가지였다.

하루가 끝날 때마다 매일 다음과 같은 질문을 던진다면 어떨까? 오늘은 기분 나쁘게 피곤한 하루였나? 아니면 기분 좋게 힘든 하루였나? 기분 좋은 하루였다면, 그렇게 만든 요인들은 무엇인가? 반대로 기분 나쁘게 피곤한 하루였다면, 그렇게 만든 요인들은 무엇인가? 오늘 파악한 것들을 토대로 볼 때 내일은 어떻게 하는 것이 좋을까? 평생 동안 매주 매달 매년 이런 질문들을 던진다면 우리의 삶은 '과녁'에 더욱 가까워질 것이다.

물론 가슴이 시키는 대로 살고 진정한 자기에 충실하려면, 더욱 큰 질문들도 던져야 한다. 세상에서 내가 하는 일과 경력이 진정한 자기를 대변해주고 있는지, 지금처럼 사는 게 진정한 내 '길'인지, 세상 속에서 내가 원하던 모습으로 존재하고 있는지 질문을 던져야 할 것이다.

자신의 데스티나를 찾아라

인터뷰한 사람들 가운데 주아나라는 육십대의 라틴 아메리카계 할머니가 있었다. 그녀는 세 살 때 가족을 따라 니카라과에서 미국으로 이민을 왔다. 그녀는 라틴 문화에서 말하는 데스티나^{destina}의 의미를 설명해주었다.

데스티나는 영어의 데스티니^{destiny}와 비슷한 개념이다. 이것은 우리 각자에게 태어날 때부터 고유한 길이 부여되어 있다는 생각과 관계있다. 하지만 데스티나는 대통령이 될 운명이라거나 실패할 운명이라는 따위의 숙명론적인 개념이 아니다. 그보다는 산스크리트의 다르마^{dharma} 개념과 더 비슷하다. 다르마라는 개념에 따르면, 우리 각자에게는 진정한 본성이 있다.

이 개념은 여러 가지 말로 설명되었다. 앞서 말한 '자기 행복의 근원을 따르라'는 말도 그 가운데 하나다. 이런 말들은 모두 방식만 다를 뿐 똑같은 것을 전한다. 즉 우리 각자에게는 자신에게 가장 진실한 길이 있으며 이 길을 따르면 행복을 얻을 수 있다는 사실을 설명한다. 그렇다면 우리의 가슴이 시키는 대로 산다는 것은 무슨 의미이며, 자신이 그렇게 하고 있는지 아닌지는 어떻게 알 수 있단 말인가?

'가슴이 시키는 대로 산다'는 것은 여러 가지를 의미한다. 자신의 가장 깊은 관심사와 부합되는 일을 한다는 의미이기도 하고, 자신이 진정으로 원하는 삶의 유형을 선택한다는 의미이기도 하다. 자신이 원하는 것에 정직하다는 의미이기도 하며, 일부러 시간을 내서 내면의 작은 목소리에 귀를 기울인다는 의미이기도 하다. 내면의 가장 깊은 욕망들을 거스르고 있지는 않은지 이 목소리가 알려주기 때문이다.

일흔세 살인 윌리엄은 작가이자 연구자로서 삶의 과도기에 있는 사람들에게 조언을 해주기도 한다. 그는 자신의 행복감이 대부분 자신에게 진실하다고 느꼈을 때 찾아왔다고 했다.

"나는 내 삶의 목적 대부분을 운명에 대한 인식 속에서 찾았어요. 나에게 운명은 종착지가 아니라 바로 지금 내가 서 있는 길과 관련된 것입니다. 우리 각자에게는 태어나면서부터 좇아야 할 길이 있어요. 여기에 존재하는 동안 해야만 하는 일련의 경험들을 갖고 태어나지요. '다다라야 하는 목적지 말고요.'"

이어서 그는 운명에 충실했을 때 강렬한 느낌을 경험한 적이 아주 많았다고 했다.

"네 살 때였어요. 풀숲에 누워서 개미를 보고 있을 때였죠. 그때 개미들이 나와는 다른 차원에 살고 있다는 것을 알았죠. 그들의 세상을 이해하고 싶다는 신비로운 느낌이 저를 감쌌어요. 그때 저는 삼라만상을 이해하려고 노력하는 것이 제 운명의 한 부분이라는 것을 깨달았어요. 하늘이 기이한 색깔로 변하거나 하지는 않았지만 그 순간은 신이 하사한 것처럼 강렬했어요."

내가 인터뷰했던 사람들에게는 대부분 자신이 누구이며 이 땅에 왜 태어났는지를 깨달은 결정적인 순간이 있었다. 톰은 인터뷰 당시 육십대였다. 그는 프랑스 무역상과 캐나다 원주민 사이의 혼혈족인 메티스족Metis의 일원으로서 캐나다 서부의 대평원에서 자라났다. 그는 열세 살에 그의 삶을 바꾸어놓은 경험을 했다.

십대 시절 톰은 친구들과 수렵금지 구역 안에 있는 커다란 호수에서 스케이트를 즐겨 탔다. 열세 살이던 해의 어느 초

겨울 날에도 그는 친구 몇 명과 스케이트를 타러 갔다. 마을을 벗어나기 전에 몇몇 어른들이 호수가 아직 단단하게 얼지 않았다고 주의를 주었다. 그러나 그들은 어린 치기에 그들의 충고를 무시해버렸다.

"우리는 빅 아일랜드라는 곳을 지나 목적지에 도착한 후 오후 내내 스케이트를 탔습니다. 오는 길에 빙판이 크게 금이 가 있던 걸 보았지만, 해마다 생기는 것이었기 때문에 크게 신경 쓰지 않았어요."

해가 저물기 시작하자 네 명의 소년들은 마을로 발걸음을 돌렸다. 그 금이 간 빙판에 다다랐을 때, 세 명의 소년들은 조심스레 그곳을 건너뛰었다. 그러나 톰은 뒤로 물러났다가 친구들에게 잘 보라고 소리를 질러대면서 온 힘을 다해 달렸다. 착지를 하는 순간, 빙판이 그의 발밑에서 쩍하고 갈라져버렸다. 그 순간 그는 얼음처럼 차가운 물속으로 가라앉았다. 그는 고개를 들어 그를 집어삼킨 구멍을 향해 헤엄쳤다. 그러곤 얼음조각을 붙잡고 친구들에게 도와달라고 울부짖었다. 친구들이 한 명씩 구해주러 왔지만, 그들이 그를 끌어내려고 할 때마다 주변의 얼음이 갈라져 버렸다. 결국 그는 다시 차가운 악몽 속으로 빨려들어 가고 말았다.

그는 기진맥진한 채 두려움으로 몸을 떨면서, 친구들이 하나둘 도움을 구하러 마을로 달려가는 모습을 지켜볼 수밖에 없었다. 마지막으로 얼음을 부여잡았을 때는 혼자 남아 있던 친구마저 발걸음을 돌렸다. 톰은 차가운 물속으로 가라앉아버렸다. 생명력이 몸에서 빠져나가는 것이 느껴졌다. 위를 올려다봐도 보이는 것은 어둠뿐, 출구는 보이지 않았다. "이제 죽는구나 하는 생각이 들었습니다. 그런데 그 순간 무슨 이유에선지 호숫가에 줄지어 서 있던 나무들이 떠올랐어요. 사시나무였는데, 마을 사람들은 이 나무들을 떨보 사시나무라고 불렀어요. 작은 잎사귀들이 바람에 팔랑거리면 숲 전체가 떠는 것처럼 보였기 때문입니다.

생명력이 빠져나가는 게 느껴지는 순간, 그 사시나무들을 다시는 못 보겠구나 하는 생각만 들었어요. 막 삶을 포기하려던 찰나, 그 나무들이 나를 부르는 게 느껴졌습니다. 마지막으로 다시 위를 올려다본 순간, 조금 전만 해도 안 보이던 구멍이 얼음 한가운데서 선명하게 모습을 드러냈습니다. 그리로 헤엄쳐 올라가서 얼음을 붙잡고 버텼지요. 다행히 마지막으로 남아 있던 친구가 아직 소리를 지르면 들을 수 있는 거리에 있었습니다. 도와달라고 힘껏 소리를 질렀지요. 친구가 달려와 코트를 던져 나를 안전한 곳까지 끌어내주었습니다."

그는 살아났다는 것에 그저 감사할 따름이었다. 그리곤 곧 이 경험을 되돌아보기 시작했다.

"죽어가던 순간에 왜 그 나무들이 떠올랐는지 계속 궁금했습니다. 왜 식구들과 부모, 조부모가 아닌 그 나무들이 떠올랐을까? 여러 해 동안 이런 의문이 머릿속에서 떠나질 않았어요."

이후 약 이십 년이 흐른 뒤, 그는 주술사이자 치유사인 어느 여인에게 이 이야기를 들려주었다. 그녀는 그 나무들이 그를 구해준 이유는 의식^{ritual}을 주관하는 것이 그의 운명이기 때문이라고 했다. 그의 부족에게 사시나무는 신성한 의식에서 아주 중요하게 쓰이는 것이었다. 그녀는 이렇게 말했다.

"당신은 치유사가 될 운명을 타고났습니다."

이 말을 듣고 톰은 평생 동안 영적인 지도자가 돼라는 소명을 느꼈지만 스스로 이런 암시에 저항하고 있었음을 깨달았다. 순간 그는 자신의 데스티니, 진정한 길을 보았다.

의식을 주관하는 자가 되고 난 후, 그는 '서 있는 흰 소^{White Standing Buffalo}'라는 영적인 이름을 얻었다. 그 후로 지난 삼십 년 동안 '서 있는 흰 소'는 춤 의식을 주관하고 사람들의 영혼을 인도해주는 일에서 가장 깊은 삶의 의미를 발견했다. 그래서 그는 다른 일로 생계를 꾸려가면서도 계속 의식을 주관하고 다른 사람들의 영혼을 인도해주었다. 이런 일은 그에게 의미의 진정한 원천이 되었다.

누구나 삶이라는 호숫가에 서 있는 떨보 사시나무, 즉 자신에게 가장 잘 어울리는 어떤 것을 갖고 있는 것 같다. 이 사시나무들의 외침에 귀 기울이면 행복을 발견하고 삶의 의미를 찾을 수 있다. 반면에 이 외침들을 무시하면 무엇으로도 채울 수 없는 그 호수 위의 구멍과 같은 공허가 가슴 속에서 느껴질 것이다. 행복을 움켜쥐려 할 때마다, 그 얼어붙은 호수의 얇은 얼음조각들처럼 행복은 손 안에서 산산이 부서져 버릴 것이다.

톰처럼 단 한 번의 경험으로 자신의 진정한 길을 찾는 이들도 있다. 그러나 대부분의 사람들에게 자신이 누구인지를 깨닫는 과정은 훨씬 미묘하게, 훨씬 오랜 세월에 걸쳐 진행된다.

인터뷰를 결심했을 때 가장 먼저 떠오른 인물들 가운데 하나가 바로 봅이었다. 봅은 아직 예순이 채 되지 않았고, 앞 장에서 말한 것처럼 여러 해 동안 원주민들과 함께 일했다.

나는 봅의 삶에 대해 많은 사실들을 알고 있었다. 하지만 그의 내적인 여정은 인터뷰를 하면서 비로소 들여다볼 수 있었다. 그의 이야기는 우리가 자신에게 가장 진실할 때 어떤 일이 일어나는지를 다시금 확인시켜주었다.

봅의 어머니는 들새를 기르는 사람이었고 아버지는 정원사였다. 어린 소년이었을 때 그의 부모는 그에게 자유 시간을 마음대로 쓸 수 있게 했다.

"밖으로 나가 자연 속에서 뛰어놀거나 위층으로 올라가 책을 읽으라고 했어요. 나는 둘 다 했지요. 자연 속을 거닐며 야생동물들, 특히 새들을 관찰하기도 하고, 방에 틀어박혀서 자연과 새들에 관한 책을 읽기도 했습니다. 아주 어렸을 적부터 자연 속에 있을 때 가장 편안했거든요."

자연의 세계는 그를 매혹시키고 그에게 커다란 기쁨을 주었다. 결국 그는 열 살이 되었을 즈음 어머니에게 "생물학자가 되겠다"고 선언했다. 하지만 당시 그는 생물학자가 구체적으로 무슨 일을 하는 사람인지 거의 아는 것이 없었다.

그래도 그는 자신의 직관에 충실했다. 정부기관과 비영리단체에서 일하고 자원봉사자로 활동할 때도 야생지에 대한 관심은 변함이 없었다. 이제 그는 평생 야생지를 보존하기 위해 투쟁해온 자신을 대단히 흐뭇한 마음으로 돌아본다. 자연과 자연 속에서 살아가는 것. 처음부터 그의 떨보 사시나무는 이것이었던 것이다.

봅은 자신에게 진실하지 않았을 때 닥치는 불행도 일찍부터 깨달았다. 이것도 축복의 하나였다. 봅의 아버지는 존경받는 마취과 의사였다. 봅이 이십대였을 때 병원에서 아버지의 이만 번째 마취를 기념하는 파티를 열어주었다. 파티에서 집으로 돌아오는 길에 봅은 아버지에게 의사로서 보낸 그 오랜 세월을 기념하게 된 기분이 어떠냐고 물었다. 그러자 아버지가 대답했다.

"회계사가 되었으면 더 좋았을지도 몰라. 얘야, 그거 아니? 의사가 돼서 했던 일 중 가장 좋았던 게 바로 회계장부를 쓰는 거였어."

아버지가 그의 가슴이 시키는 대로 살지 않았다는 사실을 알고 봅은 커다란 충격을 받았다. 평생 의사로서 살았는데 의료 회계장부를 작성하면서 시간을 잊을 수 있었다니!

"그 순간 결심했습니다. 훗날 똑같은 질문을 받게 되면, 결코 다른 무엇이 되는 게 더 나았을 거라고 답하지 않으리라고 말입니다."

아버지처럼 살지 않겠다고 다짐한 봅은 자신의 소명을 충실하게 따랐다.

봅의 삶은 직업의 선택을 넘어 자신을 제대로 아는 것이 얼마나 중요한지도 잘 보여준다. 여러 해 동안 나는 봅과 매리가 왜 아이를 안 낳는지 궁금했다. 하지만 이유를 물어볼 수는 없었다. 의학적인 문제 때문에 아이를 못 가질 수도 있는데 괜히 그들의 마음을 아프게 하고 싶지 않아서였다.

그런데 인터뷰 중에 봅이 이렇게 말했다.

"매리와 나는 일부러 아이를 안 갖는 거예요. 매리를 사귀기 시작할 때부터, 만약에 아이가 생기면 매리 혼자서 키워야 한다고 말했습니다. 내 길은 일에 있기 때문에, 아이가 자연을 보호하는 내 소명에 방해가 되는 것은 원하지 않는다고 말입니다. 매리도 같은 생각이었기 때문에 우리는 아이를 갖지 않기로 합의했지요."

행복한 삶을 위한 처방전에 행복의 필요조건이 일률적으로 규정되어 있다면, 그 처방전은 별로 쓸모가 없을 것이다. 한 예로, 내가 인터뷰를 위해 만난 이들 가운데는 부모로서의 소명을 타고난 사람들도 있었다. 이들에게는 부모가 되는 것이 그들의 진정한 길이었으므로 부모가 되었을 때 정말로 행복할 수 있었다.

내 아내 레슬리도 이런 사람들 가운데 한 명이다. 그녀는 타인을 보살피는 사람으로 태어났으므로, 가정은 물론이고 간호사로 일하는 병원에서도 자신의 일에 충실했다. 아이들이 없었다면 그녀는 자신의 데스티나대로 살지 못했을 것이다. 봅 같은 사람과는 정반대인 것이다.

가슴이 시키는 대로 살지 않으면 자신은 물론이고 타인들에게도 불행한 결과가 나타난다. 내 친구 한 명은 어머니가 자식들을 언제나 성가신 존재로 여긴다고 생각했다. 그의 어머니는 최선을 다했지만 진심에서 저절로 우러나는 사랑으로 아이들을 돌보지는 못했다.

소년 시절 그는 어머니가 부모로서의 역할에 거부감을 갖고 있다는 것을 알아챘다. 당연히 그는 자신이 사랑받지 못하고 있다고 느꼈다. 또 부모들이 서로를 열렬하게 사랑하지 않는다는 점도 깨달았다. 그래서인지 그의 아버지는 지나친 음주로 문제를 일으켰다.

삼십대 후반에 그는 어머니를 만나러 갔다. 어른이 되어서인지 어머니의 깊은 슬픔이 눈에 들어왔다. 삶을 바라보는 그녀의 눈 속에 해묵은 슬픔이 배어 있었다. 그는 용기를 내 연민의 마음으로 어머니에게 물었다.

"엄마, 사실은 아이를 갖고 싶지 않았죠? 그랬던 거죠?"

몇 분간 침묵이 이어졌다. 생각에 잠겼던 어머니는 드디어 이렇게 말했다.

"인생에서 큰 실수를 두 가지 했는데, 하나는 스코틀랜드를 떠난 거야. 스코틀랜드를 사랑했거든. 다른 하나는 너희 아빠와 결혼해서 아이를 낳은 거지."

하지만 친구의 가슴에선 분노가 일지 않았다. 이상하게도 안도감과 커다란 연민이 뒤섞여 밀려왔다. 안도감은 그의 직감이 옳았음을 확인한 데서 비롯된 것이었다. 어머니의 사랑을 더 많이 얻기 위해 그가 할 수 있는 일은 사실상 없었다는 점을 확인한 것이다. 그는 또 연민의 감정도 느꼈다. 자신의 가슴이 시키는 대로 살지 못한 어머니가 갑자기 가엾게 여겨졌다. 한편으로는 가슴의 목소리가 아닌 의무감 때문에 결혼한 여인과 수십 년을 함께 살아야 하는 고통으로 술독에 빠져버린 아버지의 심정도 헤아려졌다.

이처럼 아이를 갖는 것이 자신의 길이 아님에도 아이를 낳아 기르는 사람들이 있다. 반대로 아이를 갖는 것이 자기에게 진실해지는 중요한 일의 하나임에도 삶의 열정을 일에만 쏟아붓는 이들도 있다.

가슴이 이끄는 대로 사는 데는
용기가 필요하다

자신의 가슴이 이끄는 대로 살려면 다른 목소리들을 잠재울 수 있어야 한다. 이 목소리들은 우리가 그들의 꿈대로 살기를 바란다. 인터뷰 당시 론은 칠십대였다. 그는 의사를 최고의 직업으로 생각하는 가정에서 자라났다. 그의 삼촌은 그 지역에서 존경받는 내과 의사였다. 론이 의사가 되겠다고 결심하자 가족과 친구들은 그의 결정에 박수를 보냈다.

그런데 의대에 들어가기 직전, 그는 환자 자격으로 재능 있는 척추교정 전문의를 만났다. 그리고 치료를 받으면서 몸의 자기치유력을 믿는 치유법에 정통하게 되었다. 접촉의 효력을 확신하는 이 치유법에 그는 직관적으로 매료되었다.

"저는 곧바로 이 일에 끌렸어요. 이 일이 제 영혼의 모양에 잘 들어맞는다는 걸 알아차렸죠. 제 가슴이 시키는 대로 이 일을 하게 되리라는 걸 알았습니다. 하지만 당시에는 척추교정 전문의라는 직업을 약간 수상쩍은 눈으로 바라봤어요. 척추교정 전문의가 되겠다고 선언했더니 친구들도 말리더군요. '그러니까 지금 사기꾼이 되겠다는 말이야?' 이렇게 소리 쳤습니다. 하지만 척추교정 전문의가 저의 길이라는 것을 확신했기 때문에 이런 소리들을 쉽게 물리칠 수 있었어요."

진정한 자기에게 진실하려면 자기 내면의 목소리를 들을 줄 알아야 한다. 다른 사람들은 이 목소리를 듣지 못해도 말이다. 론은 나중에 잘 하던 척추교정 전문의 일을 그만두고 '에너지 치유사'가 되려고 했을 때도 똑같은 저항에 부딪혔다. 하지만 이번에도 그는 그 일이 자신의 길임을 깨달았다.

"평생 나는 내가 무엇을 해야 하는지 알았습니다. 다른 사람들도 대부분 마찬가지일 거라고 생각해요. 그들도 무엇을 해야 하는지 알고 있습니다. 하지만 행동할 용기도 있어야 하죠."

그는 또 가슴이 원하는 대로 살아가는 데는 두 가지 열쇠가 필요하다고도 했다. 가슴의 소리에 귀 기울이는 훈련과 이 소리에 따르는 용기가 바로 그것이다.

론의 이야기를 들으면서 내 길을 되돌아보게 되었다. 나는 목사로 사회생활에 첫발을 내디뎠다. 그 후 교구를 떠난 뒤에는 회사에 들어갔다. 사업계에 발을 들여놓겠다는 결정은 계획적인 것만은 아니었다. 당시에 일이 필요했기 때문이었다. 또 일이 삶에서 차지하는 역할에 매료돼 있었기도 했다. 나는 경영자교육 분야에 뛰어든 후 이 일이 적성에 맞는다는 것을 발견했다. 하지만 그 후 십 년 내내 무언가 부족하다는 느낌이 들었다.

내가 목사 일을 했던 이유의 하나는 삶의 의미와 평화나 환경 같은 현대의 주요한 문제들에 대해서 사람들에게 가르침을 주고 싶었기 때문이었다. 그래서인지 시간이 지날수록 사업에 시큰둥해졌다. 돈도 많이 벌고 일도 가치 있는 것이었는데 말이다.

원인은 회사 일이 아니었다. 원인은 좀 더 심오한 문제들을 주제로 글도 쓰고 이야기도 하고 싶은 내 욕망에 있었다. 물론 나에게 현실적인 사람이 되라고, 경영자교육 일을 더욱 깊게 파고들라고 촉구하는 목소리들도 많았다. 하지만 나는 평생 내 안에 잠재해 있던 목소리에, 목사 일을 첫 직업으로 삼게 했던 그 목소리에 귀를 기울였다. 나에게 가장 진정한 길은 삶의 의미와 지혜를 탐구하는 것임을 잘 알고 있었기 때문이다.

나는 내가 중요하게 생각하는 것과 따스한 인간관계, 미래의 세대들에 대한 책임 등의 문제를 차츰 회사 일속에 통합시키기 시작했다. 그러자 대외적인 일도 잘 풀리고, 더 중요하게는 자신에게 진실하다는 느낌 덕분에 만족감도 더욱 커졌다. 내가 이 책을 쓰게 된 것도 이런 변화 덕분이다. 또 어렴풋이 짐작했던 것처럼, 일의 성공 여부는 별로 문제 되지 않았다. 할아버지가 말했던 것처럼 자신에게 진실할 때는 '기분 좋게 피곤'하지만, 성공하고 있는 것처럼 보여도 '기분 나쁘게 피곤'할 수 있기 때문이다.

삶을 대대적으로 변화시켜야 가슴이 시키는 대로 살아갈 수 있는 경우도 있다. 한 예로, 론은 척추교정 전문의가 되기 위해서 의대를 나와야 했다. 하지만 내가 인터뷰한 사람들은 대개 작은 변화들을 통해서 그들의 진정한 길을 찾아나갔다.

십대에 얼음 구멍에 빠지는 경험을 했던 톰이 그런 예다. 그는 자신의 길이 치유사가 되는 것이라는 점을 서른이 돼서야 깨달았다. 하지만 그는 그때까지 자신이 하던 일을 포기하지 않았다. 대신에 치유의식을 주관하는 법을 배우면서, 서서히 이 일에 더 많은 시간을 할애했다. 지금까지도 그는 이 일을 인생에서 가족 다음으로 중요하게 여기고 있다. 하지만 이 일을 일차적인 생계 수단으로 삼았던 적은 한 번도 없다. 그저 시간이 흐를수록 이 일을 그의 인생에서 더 중요하고 비중 있는 것으로 만들어왔을 뿐이다.

예순여섯 살의 재키는 젊은 나이에 은행에 입사해서 꽤 성공을 거두었다. 그녀는 어느 날 사십대의 팀 세션에 참가해서 자기소개를 하게 됐다. 차례가 돼서 은행에 들어온 이유를 설명하려는데 그녀의 입에서 이런 말들이 쏟아졌다.

　"음, 저는 이십오 년 동안 은행원으로 살았습니다. 하지만 전 언제나 교사가 되고 싶었어요. 은행원이 된 건 아버지의 바람 때문이었죠."

　난데없이 튀어나온 말들에 그녀 자신도 깜짝 놀랐다. 너무도 거침이 없었기 때문이다.

　"저에게는 충격이었습니다. 은행에서 일하는 걸 싫어한 것은 아니었지만, 무언가 빠져 있다는 걸 언제나 느끼고 있었던 거죠."

　여러 주 동안 그녀는 자신이 선택할 수 있는 것들을 생각해보았다. 은행에서 쌓은 이력은 물론이고 은행 일을 중심에 둔 생활방식은 나무랄 데가 없었다. 그래서 그녀는 은행 일을 그만두는 대신 지역 어린이센터에서 주말에 자원봉사자로 아이들을 가르치는 일을 시작했다. 여러 달이 흘렀을 때, 그녀는 자신이 다니는 은행에서 배움에 어려움이 있는 아이들을 돕는 지역단체를 후원하고 있다는 사실을 알게 되었다. 그녀는 이 단체를 조사한 뒤, 매니저에게 은행의 후원업무를 담당하고 싶다고 말했다.

시간이 지나면서, 그녀는 은행에서 그 지역 단체를 담당하는 주요 직원으로 자리 잡았다. 또 몇 년 동안 이 일을 하면서 세 번이나 아프리카 출장을 다녀왔다.

"은행 일을 계속 하면서 교사 일을 저의 삶 속에 통합시킬 수 있었던 것은 그 일이 제게 얼마나 중요한지를 깨달았기 때문입니다."

이런 결정은 어려울 수도 있고, 얼마간 우리를 괴롭힐 수도 있다. 내 친구 거스는 사진 찍기를 좋아한다. 하지만 생계는 건설관리자 일로 해결한다. 물론 이 일을 좋아하긴 하지만, 그의 '떨보 사시나무'는 자연을 사진에 담는 것이다. '서 있는 흰 소'에게 영적인 인도자의 길이 '떨보 사시나무'인 것처럼 말이다.

물론 거스는 언젠가 건설관리자 일을 그만둘 수도 있다. 아니면 그냥 이 일을 계속 하면서 사진에 더 많은 에너지를 쏟아부을지도 모른다. 언젠가 전업 사진작가가 될 수도 있고, 그냥 사진 찍기를 중요한 취미로 삼는 선에서 만족할지도 모른다. 하지만 어떻게 되든 그는 사진을 삶에서 가장 중심적인 위치에 놓아야만 행복할 수 있을 것이다. 이것이 그의 데스티나이기 때문이다.

내가 이들과 인터뷰를 하면서 터득한 또 하나의 비밀은 가슴이 시키는 대로 살고 있는지, 현재의 삶이 진정 자신의 삶인지를 계속 물어야 한다는 것이다. 계속 질문을 던지다 보면, 계속 과녁에 가까이 다가가다 보면, 진정한 행복을 발견할 것이다. 내가 인터뷰했던 이들도 계속 질문을 던졌다. 망망대해에서 바람의 방향에 따라 돛의 위치를 바꾸는 선원들처럼 인생의 바다를 가로지르며 작은 것들을 조정해나가, 결국엔 자신이 의도했던 지점에 도달했다.

이런 태도를 론은 이렇게 설명했다.

"가슴의 목소리에 따라야 합니다. 이 목소리를 부정하는 것은 모든 것을 부정하는 것이나 마찬가지예요. 물론 실수를 할 수도 있습니다. 과녁을 빗겨갈 수도 있어요. 하지만 진정한 자기와 계속 소통하면 자신이 이곳에 존재하는 목적에 더욱 가까이 다가갈 수 있습니다."

자기 자신에게 진실하다는 것은 단순히 일이나 가족, 아이를 가질 것인가 말 것인가, 어디에서 살 것인가 하는 등의 문제와 관련된 것이 아니다. 그것은 우리 삶의 '이미지'와 '순간들'이 우리 자신에게 진실하게 느껴지는가 하는 문제와 관련돼 있다.

이제 칠십대가 된 리처드는 오십대에 경험했던 임사체험 이야기를 들려주었다. 그는 병원에서 검사를 받던 중에 심장마비를 일으켰다. 심장이 박동을 멈춘 순간, 그의 영혼은 몸을 빠져나가, 의사와 간호사들이 그를 소생시키기 위해 애쓰는 모습을 천장에서 지켜보았다. 당시의 상황을 그는 지금도 생생히 기억했다. 모니터에 그려지던 선이 고정되면서 삐익 소리가 나자, 의사가 이렇게 소리쳤다.

"리처드 죽으면 안 돼요. 우리와 함께 더 있어야 해요."

"사람이 죽으면 그동안의 모든 삶이 눈앞에 펼쳐진다는 소리를 들어서 알고 있었어요. 그런데 내가 본 것은 내 삶의 이미지들이었습니다. 그 순간 내 삶의 이미지들이 올바르게 느껴졌어요. 내가 진정한 자기에게 언제나 충실했던 것 같았 지요. 그 후로는 죽음을 전혀 두려워하지 않게 되었어요. 그 때 본 이미지들이 나를 편안하게 해주었으니까요."

리처드는 이렇게 말했다.

누구나 생의 마지막 순간 자신이 진정한 자기에게, 자신의 본질에 충실했다고 느끼게 되기를 바랄 것이다. 리처드의 말을 듣고, 나도 나 자신의 삶을 생각해보기 시작했다. 두 눈을 감고, 죽음의 순간 내 의식을 스쳐 지나갈 이미지들을 상상해보았다. 나는 어떤 점들을 후회하게 될까? 그 순간에 어떤 이미지들을 보고 싶어 할까?

자신에게 충실한 사람이 되기 위해서 해야 할 일들 가운데 하나는 가슴의 목소리에 진심으로 귀 기울이는 훈련을 하는 것이다. 따로 시간을 정해서 중요한 질문들을 던져보아야 한 다. 타인들에게 진정으로 지혜로운 사람이라고 인정받은 이들이 공통적으로 했던 일도 바로 이것이었다. 이들은 정기적으로 시간을 내서 자신의 삶을 뒤돌아보았다.

하지만 우리는 너무 바빠서 자기 영혼의 목소리에 귀 기울일 시간을 거의 내지 못한다. 아내가 뇌졸중을 일으키기 전에는 우리 부부도 그랬다. 회사 운영하랴, 아이 키우랴, 텔레비전 보랴, 여행 가랴, 돈 벌고 쇼핑하고 책 쓰랴⋯⋯. 달력은 언제나 할 일들로 꽉 차 있었다. 당시에는 이런 생활이 별로 부산하게 여겨지지도 않았다.

그러다 아내의 뇌졸중을 계기로 우리는 먼저 삶의 속도부터 늦추었다. 그리고 서로의 목소리에 귀 기울이기 시작했다. 덕분에 전과는 달리 여러 가지 면에서 서로를 믿고 기댔으며, 중요하지 않은 일들은 서서히 내려놓기 시작했다. 이처럼 우리는 때로 단순한 삶을 강요당해야만 비로소 상황을 분명하게 보기 시작한다.

우주가 기회를
만들어주기도 한다

우주가 잠시 멈추어서 가슴의 소리에 귀 기울이라고 했을 때 내 친구 데이비드는 삼십대였다. 그는 큰 잡지사에서 고참 편집자로 일하면서 아주 바쁘게 살아가고 있었다. 자신이 진정으로 원했던 삶을 살아가고 있는지는 생각해볼 겨를도 없었다. 그러던 어느 날이었다. 업무 시간이 끝날 무렵 책상 앞에 앉아 있는데 가슴에 압박감이 느껴졌다. 이 압박감은 곧 산이 짓누르는 것 같은 통증으로 바뀌었다.

병원 응급실에서 모니터에 연결된 채 누워 있는 동안 그는 자신의 삶을 돌아보았다. 방해꾼 하나 없이 아주 고요한 상태에서, 자신이 가슴의 소리에 진정으로 따르고 있는지를 물어본 것이다. 그리고 우주와 협상을 시작했다. 그는 먼저 아주 간단한 문제를 생각해보았다. 오늘 밤을 넘긴다면 삶의 어떤 부분을 변화시켜야 할까? 다가올 24시간 동안 어떤 일이 벌어질지 모르는 상황에서 그는 간호사에게 연필과 종이를 부탁했다. 그리고 선승처럼 간단명료하게 다음과 같이 적었다.

- ◆ 더 논다.
- ◆ 아이를 입양한다.
- ◆ 회향한다.
- ◆ 가족과 더 많은 시간을 보낸다.
- ◆ 재단을 만든다.

"그날 밤 그곳에 누워 있는데 지나온 삶이 주마등처럼 스쳐 지나가더군요. 지난 삶이 전부 잘못되었다는 생각은 안 들었어요. 하지만 몇 가지 중요한 부분에서 가슴의 소리를 무시하고 있었다는 걸 깨달았습니다."

다행히 데이비드는 그날 밤 병원에서 죽지 않았다. 몇 주 후 데이비드가 내게 전화를 걸어서 이렇게 말했다.

"먼저 좋은 소식은 내가 죽지 않았다는 거야. 그리고 안 좋은 소식은 내가 아직 살아 있고 그날 밤 적은 목록을 갖고 있다는 거지!"

그에게 다시 자신을 뒤돌아보고 가슴의 소리에 귀 기울이는 훈련을 하게 한 것은 우주였다. 덕분에 그는 이제 행동할 용기를 갖게 되었다.

그렇다면 그가 종이에 적은 다섯 가지는 어떻게 되었을까? 그는 그동안 일만 너무 열심히 했으므로 이제는 휴식에 더 많은 시간을 할애해야 한다는 것을 깨달았다. 또 아이를 입양하려던 생각도 미루기엔 너무 중요한 꿈이라는 점을 확인했으며, 자신이 가족과 더 많은 시간을 함께하고 싶어 한다는 것도 깨달았다. 그렇지만 '재단을 만든다'는 생각은 도대체 어디서 튀어나온 것인지 그로서도 알 수 없었다. 어쨌든 그 후 이 년 동안 그는 이 목록을 늘 지니고 다녔다. 그리고 아이를 한 명 입양하고, 더 많이 놀고, 가족에게 더 가까이

다가가고, 이 년 후엔 아버지의 이름을 딴 재단을 설립했다.

물론 꼭 병이 들어야만 이런 목록을 만들게 되는 건 아니다. 이런 목록은 언제든 만들 수 있다. 태평양 북서부의 원주민 격언에 "오늘은 죽기에 좋은 날이다"라는 말이 있다. 오늘이야말로 완전한 삶을 살기에 참으로 좋은 날이라는 의미다. 바로 지금 당신이 그 병원 침대에 누워 있다면, 어떤 목록을 만들겠는가?

물리학 교수였던 일흔한 살의 조지는 이렇게 조언했다.

"나는 강의 첫날 학생들에게 언제나 이렇게 말했습니다. 주입식 학습에 의존하지 마세요. 학기가 끝날 때 몇 달간 배운 것들을 한꺼번에 쑤셔 넣으려고 하지 마세요. 그런 방법은 효과가 없습니다. 삶은 그런 게 아니에요. 많은 사람들이 되풀이해서 하는 말이 있습니다. 언젠가 가슴의 소리에 따라 세상에서 자신이 되고 싶은 사람이 되리라고 말하죠. 하지만 무언가 할 일이 있다면, 지금 당장 그 일을 하세요. 가슴의 소리에 따르고 항상 자신과 소통한다면, 효과가 있을 겁니다."

매주 다음의 질문들을 생각해보면, 첫 번째 비밀을 삶 속에서 실천하는 데 도움이 될 것이다.

◆ 오늘 혹은 이번 주 나는 자신에게 진실했는가? 자신에게 진실했다는 느낌을 더욱 강하게 받으려면 내일 혹은 다음 주에는 어떻게 해야 할까?

◆ 이번 주 나는 내가 바라던 모습으로 살았나? 내일 혹은 다음 주 내가 바라는 모습에 더 가까이 다가가려면 어떻게 해야 할까?

◆ 지금 나는 내 가슴의 소리에 따라 살고 있나? 지금 진정으로 내 가슴의 소리에 따른다는 것은 어떤 의미인가?

◆ 다음 주 이 비밀을 더욱 철저하게 실천하려면 어떻게 해야 할까?

후회를 남기지 말라

— 4 —

우리는 결코 삶에서 완벽한 성공을 보장받을 수 없다. 사랑에도 언제나 거부의 위험성이 있으며, 꿈을 좇아도 실패할 가능성이 늘 존재한다. 그렇다고 아무것도 시도하지 않으면 주어지는 건 실패뿐이다. 두려움으로 인해 위험을 피할 때마다 우리는 진정한 자기로부터 점점 멀어진다. 원하는 방향으로 나아가기를 포기하는 건 후회의 씨앗을 심는 짓이다.

지혜의 시작은 두려움을 극복하는 것이다.

— 버트런드 러셀 —

죽음의 순간 가장 쓴 눈물을 흘리게 하는 것은
하지 못한 말과 하지 못한 행동이다.

— 해리엇 비처 스토 —

생의 마지막에 가장 피하고 싶은 것은 무엇일까? 모든 사람들이 가장 두려워하는 한 가지가 있다면 아마 후회일 것이다.

지난 삼십여 년 동안의 내 경험과 인터뷰 내용들을 놓고 볼 때, 우리가 가장 두려워하는 것은 죽음이 아니다. 삶을 충만하게 살고, 하고자 했던 일을 충분히 이루었을 때는 편안하게 죽음을 맞이할 수 있다. 생을 마감하면서 가장 피하고 싶은 것은 "……했더라면 좋았을 것을" 하는 말을 남기게 되는 것이다.

삶에서 진정한 행복과 의미를 찾으려면 후회를 남기지 말라는 두 번째 비밀을 실천해야 한다. 또 후회를 남기지 않으려면 용기를 가져야 한다. 자신이 두려워하는 것으로부터 도망치기보다 원하는 것을 향해 앞으로 나아가야 한다. 삶이 떠안기는 불가피한 실망들도 이겨내야 한다.

우리는 235명의 인생 선배들에게 삶의 중요한 기로에 대해 물어보았다. 또 어느 한쪽으로 결정을 내렸을 때, 그 결정이 이후의 삶을 어떻게 변화시켰는지도 물었다. 이런 기로들을 놓고 고민할 때 그들도 거의 언제나 위험요인에 주목했다. 하지만 두려움을 무릅쓰고자 신이 원하는 방향을 향해 나아갔다.

이들의 이야기를 들으면서 한 가지 분명하게 깨달은 점이 있다. 위험을 무릅쓰고 무언가를 시도했을 경우, 삶의 마지막 순간에 이것을 후회하는 일은 없다는 점이다. 원하던 결과를 얻지 못했어도 말이다. 실제로 인터뷰했던 사람들 가운데 위험을 무릅쓰고 무언가를 시도했는데 그만 실패하고 말았다며 후회한 사람은 단 한 명도 없었다. 그보다 대부분의 사람들이 위험을 감수하고 충분히 시도해보지 않았다며 아쉬워했다.

후회를 남기는 것은 실패가 아니다. 두려움 때문에 실패의 위험성을 전혀 무릅쓰지 않으려 했던 자신, 시도조차 해보지 못한 일들이다. 실제로 내가 인터뷰했던 대부분의 사람들도 '실수'를 통해 가장 큰 배움을 얻었다고 했다.

우리는 결코 삶에서 완벽한 성공을 보장받을 수 없다. 모든 시도 속에는 실패의 위험성이 내재되어 있기 때문이다. 사랑에도 언제나 거부의 위험성이 있으며, 꿈을 좇아도 실패할 가능성이 늘 존재한다. 그렇다고 아무것도 시도하지 않으면 주어지는 건 실패뿐이다. 하지만 아무리 사소한 일이라도 위험을 무릅쓰고 시도하는 태도는 삶에 커다란 영향을 미친다.

위험을 감수할수록
후회는 줄어든다

인터뷰 당시 도널드는 여든네 살이었다. 심리학자인 그는 풍요롭고 의미 있는 삶을 살았다. 당연히 그에게는 후회가 별로 없었다. 그의 삶에 행복을 가져다준 가장 중요한 원천의 하나는 오십육 년 동안의 결혼생활이었다. 그의 아내는 육 년 전에 이미 세상을 떠났다. 삶의 '기로'에 대해 묻자, 그는 즉각 나를 육십이 년 전의 대학무도회로 데려갔다.

"나는 수줍음을 많이 타는 젊은이였어요. 정말로 수줍음이 많았죠. 여자애들한테 말을 걸 때는 특히 더 그랬어요. 그런데 대학 일 학년 때 학교무도회에서 아주 아름다운 여자를 만났어요. 무도회장 건너편에 있었는데, 크림색 스웨터 차림에 머릿결이 부드럽고 미소도 정말 화사했지요. 그녀에게 시선이 고정된 순간, 나는 그녀가 바로 그 사람이라는 걸 알았어요. 나와 결혼할 사람이요."

무도회장 건너편을 바라보는 동안, 그는 그녀가 인기 최고의 여학생이며 역시 인기가 많은 다른 여학생들에 둘러싸여 있다는 것을 알아차렸다. 그런 여학생들은 자신처럼 수줍음 많은 남학생들과 춤은 고사하고 말도 섞지 않을 것 같았다. 그녀에게 다가가 춤을 청했다가 보기 좋게 거절당하면 순식간에 웃음거리가 되어 창피를 당하리라는 건 불을 보듯 뻔했다.

"그래도 나는 침을 꿀꺽 삼키고 곧장 그녀에게 다가가 당신이 바로 내가 결혼할 사람이라고 말했죠. 그녀는 크게 감동하지는 않았어요. 하지만 신선하게 느껴졌는지, 나와 춤을 추었습니다. 그리고 한 번의 춤은 두 번, 세 번으로 이어졌죠. 그 후 몇 주 동안 나는 그녀를 열심히 쫓아다녔습니다. 결국 그녀는 이 춤이 평생 지속되리라는 걸 깨달았어요."

이십대 초반에 내린 이 작은 결정, 즉 실패를 두려워하지 않고 자신이 원하는 것을 향해 앞으로 나아가겠다는 결심은 결국 도널드의 생애에서 가장 중요한 결정의 하나가 되었다. 결혼은 여러 가지 면에서 그의 삶을 행복하게 해주었다. 아내가 죽고 육 년이나 지났는데도 그는 "매일 나를 감싸고 있는 그녀의 존재를 느낀다"고 했다.

그날 그가 창피를 당할지도 모른다는 두려움에 항복해버렸다면, 아무런 행동도 취하지 않아서 실패를 확고부동한 것으로 만들어버렸다면 어떻게 되었을까? 여든넷에 지난 삶을 돌아보면서, 그때 무도회장을 가로질러 춤을 신청하지 않은 것을 후회하지 않았을까?

작지만 용기 있는 이런 행위들이 언제나 우리의 삶을 결정짓거나 행복을 찾아가는 여정에서 중요한 기로가 되어주는 것은 아니다. 하지만 어떤 것이 정말로 의미 있는 시도인지는 미리 알 수 없으므로, 두려움에 도망치기보다는 원하는 것을 향해서 앞으로 나아가야 한다.

그러려면 두려움 속에서 살 것인지 아니면 원하는 것에 초점을 맞출 것인지 근본적인 선택을 해야 한다. 두려움으로 인해 위험을 피할 때마다 우리는 진정한 자기로부터 점점 멀어진다. 원하는 방향으로 나아가기를 포기할 때마다 후회의 씨앗을 심게 된다.

인터뷰를 하면서 가장 가슴 아팠던 순간은 메이라는 칠십 대의 할머니를 만났을 때였다. 그녀는 수십 년 전부터 여섯 권의 책을 집필 중이라고 했다. 하지만 이 책들 중에서 완성된 것은 단 한 권도 없었다. 원고들은 모두 미완성 상태로 그녀의 컴퓨터 안에 저장되어 있었다.

왜 원고들을 마무리 짓지 않았냐고 묻자 그녀가 대답했다.

"처음엔 그냥 미루는 습성이 있어서 그런 거라고 생각했지요. 그런데 다시 생각해보니, 내가 이 원고들을 완성하지 못한 이유는 다른 데 있더라고요. 원고들을 마무리 지으면 누군가에게 보여줘야 할 텐데, 그러면 내게 글을 못 쓴다고 하는 사람이 생길 수도 있잖아요. 거부에 대한 두려움 때문에 원고들을 완성하지 못한 것 같아요."

나는 그녀가 측은하게 느껴졌다. 일흔한 살이나 됐는데, 평생 마음속에 품고 있던 원고들을 한낱 두려움 때문에 완성시키지 못하다니! 물론 그녀가 두려워하는 것처럼 실제로 거부를 당할 수도 있다. 하지만 내면에 이야기들을 간직한 채 죽는 것보다 더 끔찍한 일이 어디 있겠는가? 그러나 대부분의 사람들이 이와 똑같은 일을 저지르고 있다. 거부나 실패에 대한 두려움 혹은 성공에 대한 확신의 부족으로 인해, 책과 꿈과 이야기들을 가슴속에 품은 채 죽는다.

235명의 인생 선배들에게 위험을 무릅쓰는 것과 후회에 대해 물었을 때, 그들은 흔히 둘을 관련지어서 생각했다. 또 자기 삶의 경험뿐만 아니라 수십 년 동안 다른 사람들의 삶이 전개되는 과정을 지켜본 결과들도 마찬가지라고 했다.

일흔여섯 살의 폴은 사업 컨설팅 분야에서 성공적인 이력을 쌓아왔다. 그는 많은 친구들을 사귀고 칠십 곳도 넘는 나라들에서 일했으며, 결혼생활도 잘 유지했다. 또 다양한 회사의 최고경영자들에게 조언도 해주었다.

"나는 오십 년 동안 많은 최고 결정권자들과 일했습니다. 그 결과 삶의 마지막 순간에 대부분의 사람들이 하지 않은 일을 두고 가장 크게 후회한다는 것을 발견했어요. 그들이 가장 후회하는 것은 기회를 잡지 못했다는 점이었습니다. 자신이 한 일보다도 하지 않은 일에 대해서 더 많이 후회를 한다는 말이죠. 삶의 마지막 순간에 마주하는 가장 큰 두려움은 위험을 무릅쓰지 않아서 어떤 실수도 저지르지 않았다는 점을 깨닫는 것입니다."

예순세 살의 켄은 아이오와주 와우콘에 사는 시골 이발사였다. 중서부의 작은 시골 마을에 사는 그도 비슷한 이야기를 들려주었다.

"우리 마을에 한 부부가 있었어요. 그런데 남편이 암에 걸리고 얼마 안 돼서 죽어버렸습니다. 아내에게는 후회되는 일이 많았어요. 함께 여행도 못 가고, 같이 해보자고 했던 일들도 별로 못 했다고요. 삶의 커다란 두려움은 바로 이런 것입니다. 삶을 놓쳐버렸다는 생각이야말로 두려운 일이죠."

235명의 인생 스승들에게 다시 과거로 돌아갈 수 있다면 젊은 날의 자신에게 어떤 말을 해주고 싶으냐고 묻자 하나같이 위험을 더 많이 무릅쓰라는 말을 해주고 싶다고 했다. 예순 살의 크레이그는 이렇게 말했다.

"여러분이 해야 할 일은 신체적인 위험이 아니라 영혼의 위험을 더 많이 감수하는 것입니다. 삶에서 자신이 원하는 것을 얻으려면 위험을 감수해야죠."

위험을 인식하면서도 행복을 위해 중요한 발걸음을 내디딘 사람들도 많았다. 육십대인 주아나는 오십대였을 때 새로운 일을 할 기회를 얻었다. 그녀는 미국 내 스페인 사회에서 지도자적인 일에 관여해왔다. 그래서 여러 해 동안 일하던 조직을 떠나기로 결정한 순간(동시에 이십칠 년 동안 살던 집도 떠나야 했다), 갑자기 '사막에서 헤매는' 것 같은 기분이 들었다. 사회적으로 훨씬 광범위한 영향을 미치는 조직과 함께 지도력개발 분야에 뛰어드는 일이 무리한 확장처럼 느껴지기도 했다.

"저는 평생을 스페인 사회 안에서만 살았어요. 백인으로만 구성된 청중 앞에는 한 번도 서본 일이 없었지요. 갑자기 신참내기가 된 겁니다."

그러나 내가 인터뷰했던 대부분의 사람들처럼, 그녀는 이런 위험을 감수한 덕에 한층 큰 것을 성취할 수 있었다.

"이 일은 저에게 더 큰 세상을 만나게 해주었습니다. 그때 위험을 무릅쓰지 않았다면 새로운 세계는 저에게 열리지 않았을 거예요."

그녀는 문화를 넘나드는 지도력에 관한 책도 펴냈다. 이전의 세계에 안전하게 머물러 있었다면 이 일도 결코 해내지 못했을 것이다.

엘사의
캐나다행 티켓

크레이그의 이야기는 더욱 중요한 질문을 던지게 만든다. 어떻게 해야 모험을 통해서 원하는 것을 얻어낼 수 있을까? 어떻게 살아야 우리가 내딛지 않은 걸음에 대해 후회하지 않을 수 있을까? 이 문제에 대해서 내게 가장 큰 가르침을 준 스승은 아마도 2차 세계대전 당시 독일에서 자라난 칠십대의 독일 여인일 것이다.

그녀는 지난 삶을 뒤돌아보며, 중요한 기로에 섰을 때 특히 두려움을 떨치고 용기 있게 행동해야만 했다고 말했다. 종전 후 독일의 상황은 아주 어려웠다. 당시 스물두 살이던 엘사는 삶에서 처음으로 여러 가지 중요한 모험을 감행했다. 캐나다로 가서 새 삶을 시작하기로 결심한 것이다. 당시 캐나다에는 아는 사람이 한 명도 없었다. 일자리를 얻을 가망

성도 없었고, 캐나다 말도 몰랐다. 지난날을 돌아보면서 그녀는 그런 결정이 당시에는 너무 무모하게 여겨졌지만, 덕분에 삶의 전환점을 맞이했다고 했다.

어떻게 그런 큰 모험을 감행할 수 있었느냐고 묻자 그녀가 말했다.

"모험을 감행할지 말지 고민할 때 나는 먼저 모험을 감행할 경우에 일어날 수 있는 최고의 결과를 상상합니다. 그 모험이 효과를 발할 경우에 얻을 수 있는 모든 것들을 상상하죠. 그런 다음에는 일어날 수 있는 최악의 결과들을 상상합니다. 그리고 그 최악의 결과들에 대처할 수 있는지 자문해 보죠. 저는 매번 최악의 결과들에 대처할 수 있다는 결론을 얻었습니다.

힘들게 캐나다로 이민을 갔는데 상황이 전혀 좋아지지 않을 수도 있었어요. 파산을 하고 혼자가 될 수도 있죠. 물론 언제든 고국으로 돌아올 수도 있지만요. 하지만 저는 최상의 가능성들을 상상했습니다. 새 삶을 시작할 수도 있고, 새로운 친구들도 많이 만들고 사랑하는 사람도 만나고, 새로운 나라에서 아이들을 기를 수도 있다고요.

저는 늘 가능성들을 생각했어요. 흔들릴 때마다 이런 최상의 결과들을 상상했죠. 실패보다 더 안 좋은 것은 얻을 수 있는 최상의 결과들로부터 스스로 뒷걸음치는 것이라는 점을 되새기면서 말입니다."

그러나 우리는 대부분 이와 정반대로 살아간다. 모험 앞에서 가장 안 좋은 결과들을 상상하고 이런 생각들에만 집중한다.

도널드가 대학 무도회장에서 인기 있는 여학생들에게 둘러싸여 있던 미래의 아내에게 다가갔던 것도 이 때문일 것이다. 그는 비웃음은 이겨낼 수 있지만, 자신과 결혼할 여자라는 느낌이 드는 여자에게서 물러나는 것은 견딜 수가 없었다. 하지만 여섯 권의 책을 미완으로 남겨두었던 칠십대의 메이는 정반대였다. 그녀가 책을 완성했을 때 얻을 수 있는 최상의 결과들에, 그 가슴 벅찬 성취감에 초점을 맞추었다면 실패에 대한 두려움은 극복할 수 있었을 것이다.

우리는 원고 거절 쪽지 따위는 이겨낼 수 있다. 하지만 원고를 완성하지 못했다거나 언제나 꿈꾸던 여행을 못 했다며 임종의 자리에서 후회하는 일은 견뎌내지 못할 것이다. 이것이야말로 일어날 수 있는 최악의 결과인 것이다.

냉전이 한창이던 시절 뉴욕시에서 살 때였다. 당시 핵전쟁의 위협은 아주 실제적인 것이었다. 존 케네디가 암살당했을 당시 나는 초등학교 이 학년이었다. 우리는 핵실험 과정과 집들이 핵폭발로 사라져버리는 장면을 담은 영화를 보았다. 몇 달에 한 번씩은 폭탄이 떨어질 때를 대비해서 공습 훈련도 했다. 당시에 내가 느꼈던 공포는 지금도 생생히 기억난다. 어느 날 책상에 앉아 있는 사이 삶이 그대로 끝나버릴 것만 같았다.

공습 훈련을 알리는 사이렌이 울리면, 선생님은 우리에게 전부 책상 밑으로 들어가라고 소리쳤다. 하지만 의자가 붙어 있는 오래된 나무 책상은 나를 충분히 보호해주지 못했다. 그런데 한번은 공습 훈련 중에 케니라는 친구가 창가로 걸어 갔다. 다른 아이들은 전부 책상 밑에 들어가 웅크리고 있는데 말이다.

"뭐 하는 거야? 얼른 책상 밑으로 들어가!"

선생님이 고함치자 케니는 이렇게 대꾸했다.

"브라운 선생님, 저들이 다가와도 저는 책상 밑에 숨느니 똑바로 서서 저 밝은 빛을 마주할 거예요."

대부분의 사람들은 평생 책상 밑에 숨어서 살아간다. 실패와 거부가 우리에게 닥칠 수 있는 최악의 결과라고 믿기 때문이다. 하지만 내가 인터뷰했던 235명의 인생 선배들은 다른 생각을 심어주었다. 우리가 가장 두려워해야 할 것은 시도해보지 않은 일들에 대한 후회라는 점이었다.

용기 있는 선택으로
최고의 이야기를 만들어라

어떻게 해야 후회 없는 삶을 살아갈 수 있을까? 이 책의 프롤로그에 나왔던 마가렛이라는 여인을 기억할 것이다. 현관 흔들의자에 앉아 있는 노인 같은 마음으로 평생을 살아가려 했다는 사람 말이다. 그녀는 결정할 일이 있을 때마다 자신에게 이렇게 질문했다고 한다.

"나이 들어 흔들의자에 앉아 지난 삶을 돌아볼 때, 어떤 결정을 내리는 게 좋았다고 생각하게 할까?"

그러면 대부분 어떤 길을 선택해야 할지 분명해졌다. 유명한 작가이자 영혼의 인도자인 디나 메츠거Deena Metzger는 이것을 이런 식으로 표현했다.

"최고의 이야기를 만들어내는 길을 선택하세요."

후회 없는 삶을 위한 아주 간단하고도 흥미로운 방법이 있다. 끊임없이 앞을 내다보며 이렇게 묻는 것이다. 나이 들어 삶의 막바지에 이르면, 지금 내딛으려는 이 걸음을 후회하게 될까? 지금 걷고 있는 이 길이 나를 후회로 몰고 갈까? 아니면 그 반대일까?

청년 시절 나에게는 흥미로운 일을 할 수 있는 기회들이 많았다. 인생 선배들의 이야기에 귀 기울이는 동안, 나는 가장 후회되는 일들이 대부분 두려움 때문에 외면해버린 기회들과 연관되어 있음을 깨달았다. 내가 신학교에서 목사가 되는 공부를 하던 때에도 이런 일이 일어났다.

나는 미국에서 가장 큰 국립공원인 그랜드 티턴과 셰넌도어에서 여름 동안 인턴 자격으로 목사직을 맡아 달라는 제의를 두 번이나 받았다. 자연은 내 가슴속에서 언제나 특별한 자리를 차지하고 있었다. 하지만 대도시에서 자라난 탓에 오랜 기간 야외에서 지내볼 기회는 없었다. 그래서 공원에서 일하는 것은 생각만 해도 신났다. 나는 이것이 아주 소중한 경험이 되리라는 것을 잘 알고 있었다.

하지만 당시 어떤 사람과의 관계에 한창 몰두해 있었기 때문에 이런 제의를 두 번 다 거절해버렸다. 몇 달씩이나 그 사람과 떨어져 지내야 한다는 것이 두려웠기 때문이다. 그때 만약 현관 안락의자에 앉아 있는 노인과 같은 마음으로 이 제안을 받아들였다면, 나는 분명 이런 내면의 소리를 들었을 것이다.

"관계가 탄탄하다면 서로 떨어져 있어도 문제없을 거야. 게다가 너는 자연을 사랑해. 이런 기회는 다시는 오지 않을 수도 있어."

결국 관계는 깨져버렸고, 그런 기회도 다시는 찾아오지 않았다.

더 최근의 예를 들어보자. 지난해 친한 친구가 내게 열다섯 명의 중년 사내들과 함께 한 달간 동아프리카에서 지내보는 게 어떻겠느냐고 제안했다. 부족의 어른들을 만나면서 황야에서 야영을 하자는 것이었다.

꿈을 현실로 만들 수 있는 기회였다. 하지만 일 년 중 가장 바쁜 시기였기 때문에, 여행을 떠나려면 먼저 많은 중요한 일들을 취소해야만 했다.

다행히 이번에는 그 현관 안락의자에 앉아 있는 노인에게 조언을 구했다. 그러자 그가 이렇게 말했다.

"내 나이가 되면, 이번 달에 놓쳐버린 돈을 아쉬워하느니, 가슴에 원 없이 아프리카를 담으러 갈 거야."

이 말을 듣고 나는 주저 없이 여행을 떠났다. 덕분에 이런저런 흥미로운 문화들을 체험하고 처음으로 황무지도 구경하고, 그리움 속에서 가족이 내게 얼마나 소중한 존재인지도 새삼 깨달았다. 또 탄자니아에 머무는 동안에는 부족의 어른들과 이야기를 나누다가 이 책을 쓰겠다는 아이디어도 얻었다.

두 번째 비밀과 관련해서 235명의 인생 스승들이 내게 준 중요한 가르침의 첫 번째는 삶에서 원하는 것을 얻으려면 시도하라는 것이었다. 그러면 실패해도 후회는 없을 것이기 때문이다. 두 번째는 치유해야 할 관계가 있으면 지금 당장 치유하라는 것이었다. 삶에서 후회스러웠던 일들을 묻자, 거의 모두가 미처 하지 못한 일, 미처 풀지 못한 관계, 그들에게 못 해준 말들이라고 대답했다.

오늘을
생의 마지막 날처럼

여러 해 동안 나는 유능한 내과 의사이자 작가인 친구 데이비드 쿨과 함께 지도력개발과 개인의 성장을 위한 명상회를 이끌었다. 워크숍 프로그램 중에는 살날이 여섯 달밖에 안 남았다고 상상해보는 것도 있었다. 이 여섯 달을 건강하게 보낼 수 있을지 어떨지는 확신할 수 없었다. 우리는 워크숍이 열리는 날에서 정확히 여섯 달이 되는 날을 일러주며 이렇게 지시했다.

"자, 지금부터 여섯 달이 되는 날 여러분이 죽는다고 상상해봅시다. 그날이 오기 전에 해야 할 다섯 가지 일이 있다면 무엇입니까?"

팽팽한 긴장과 고요가 방 안을 뒤덮었다. 이따금씩 어색한 유머가 이런 분위기를 무마시키기도 했다. 참가자들은 이 여섯 달 동안 해야 할 일들을 적어나가기 시작했다. 이들이 가장 많이 적은 것은 관계를 치유하는 일이었다. 때로 오래도록 미루었던 꿈을 적은 이들도 있었다.

참가자들이 목록을 다 작성하자, 우리는 이렇게 물었다.

"살날이 앞으로 여섯 달밖에 안 남았는데 목록에 적은 일들을 꼭 하고 싶어요. 그렇다면 그 일들은 남은 시간에 상관없이 여러분이 꼭 해야만 하는 중요한 일들이 아닐까요?"

삶이 유한하며 언제라도 끝날 수 있다는 사실은 누구나 알고 있다. 우리는 실제로 살날이 여섯 달밖에 안 남았을 수도 있다. 정말로 그럴 경우, 이 시간을 어떻게 쓰고 싶은지 자신에게 물어보는 것은 후회 없이 사는 중요한 방법의 하나다.

쉰아홉 살의 생물학자 밥은 사람들과의 관계에 대해 분명한 가르침을 주었다.

"부모님과의 사이가 소원했던 적이 있습니다. 부모님이 내 결혼을 인정하지 않고, 나와 아내를 집에서 쫓아냈거든요. 부모를 버리고 여자를 선택하는 놈은 집에서 나가야 한다면서요. 결국 우리는 여러 해 동안 얼굴도 안 보고 지냈습니다. 그렇게 몇 년이 지나자, 대화를 나누고 문제를 해결하는 것이 중요하다는 생각이 들었습니다. 너무 많은 사람들이 이런 문제들을 그냥 방기하고 있어요. 그러다 생이 막을 내릴 즈음에서야 후회하며 괴로워합니다. 적어도 문제를 해결하려고 시도는 해봐야 돼요."

칠십대인 루시는 여러 해 동안 어머니를 멀리했다. 어머니가 살아 계실 때 그들은 거의 이십 년 동안이나 말도 안 하고 지냈다.

"먼저 어머니에게 다가가서 사랑하는 방법을 보여드려야 했는데 그러질 못했어요. 들을 준비가 돼 있는 사람이면 누구에게든 말해주고 싶어요. 할 말이 있으면, 아직 준비가 덜 된 것 같은 느낌이 들어도 얼른 그 말을 하라고요."

몇 해 전 베티라는 여인이 내가 주관하던 명상회에 참가했다. 나는 후회와 관계의 치유에 대해 이야기하고, 모든 참가자들에게 멀어져버린 사람의 이름을 적어보라고 했다. 그리고 생이 끝나갈 무렵 노인의 모습으로 현관 안락의자에 앉아 있는 자신을 상상해보라고 했다. 그 노인은 그 사람과의 관계가 어떻게 되기를 바랄까?

몇 주 후 베티에게서 이메일이 왔다. 그녀는 아들과 거의 이십 년 동안 말도 안 하고 지냈다고 했다. 이처럼 무심하게 지내는 사이 작은 상처는 큰 아픔으로 바뀌었다. 하지만 어느 쪽도 상대에게 먼저 말을 걸거나 다가가지 않았다.

베티는 워크숍에 참석한 후 노인이 되면 어떤 마음이 들지 생각해보았다. 다가서려는 자신을 아들이 거부하는 것은 견딜 수 있을 것 같았다. 하지만 관계를 회복하기 위해 시도조차 안 해본다면 나중에 정말로 후회하게 되리라는 걸 깨달았다.

그녀는 아들에게 전화를 걸어서 자신의 마음을 솔직히 털어놓았다.

"이제는 우리 사이에 무슨 일이 있었는지도 기억이 안 난다. 물론 당시에는 그 일이 중요했겠지만 말이야. 그때 내가 한 일은 미안하구나. 하지만 한때 서로를 사랑했던 사람들에게 이십 년은 너무 긴 세월이야."

그러자 아들도 다시 말문을 열었으며 해묵은 상처도 씻은 듯이 사라져버렸다. 하지만 사라져버린 것은 이것뿐만이 아니었다. 삶을 마감하는 순간 이들이 느낄 뻔했던 후회도 제거되었다.

이제 예순이 된 친구 봅에게 죽는 것이 두렵지 않느냐고 묻자 그는 이렇게 대답했다.

"죽는 것은 두렵지 않아. 나는 편안하게 미소 띤 얼굴로 죽을 거야. 내 삶과 내가 남긴 것들, 그동안 살아온 방식 모두 마음에 드니까."

이것이 바로 후회 없는 삶의 선물이다.

후회를 놓아버리는
기술

많은 인생 선배들의 말처럼, 후회는 곱 씹지 않을수록 좋고, 자신에게 너무 혹독하게 굴지 말아야 한다. 인터뷰 당시 아흔넷이 다 돼가던 존도 후회에 대해서 몇 가지 지혜로운 가르침을 주었다.

그는 삼십오 년 동안이나 캐나다의 사회주의당에서 저널 리스트로 일했다. 십대 초기부터 세상의 불의에 혼란을 느낀 다분히 이상주의자적인 젊은이였기 때문이다.

그래서 사회주의당을 위한 일에 평생을 바치기로 결심했다. 당시의 많은 젊은이들처럼 사회주의당이야말로 사회정 의를 실현할 수 있는 진정한 조직이라고 보았기 때문이다. 그러나 해가 갈수록 당의 목적과 방침에서 여러 가지 의심스 런 모습들이 눈에 띄었다.

하지만 그는 변하리라는 희망을 버리지 않고 계속 당을 위 해 헌신했다. 그리고 프라하에서 국제적인 사회주의 잡지의 편집자로 일할 기회를 얻었을 때, 이런 변화의 희망을 얼핏 목격했다. 바야흐로 1968년이었으며, 체코슬로바키아에서 는 '인간의 얼굴을 가진 사회주의'를 위한 개혁운동이 싹트 고 있었던 것이다.

그러나 이런 희망은 러시아의 탱크 부대가 프라하로 진격해 새로운 개혁운동을 짓밟아버리는 순간, 잔인하게 부서져버리고 말았다. 더불어 당에 대한 존의 믿음도 깨져버렸다. 존에게는 이 믿음이 마지막 남은 한 가닥 희망이었는데 말이다. 이후 그는 곧장 캐나다로 돌아왔으며, 당도 떠났다.

하지만 그는 자신이 후회에 짓눌리는 것을 용납하지 않았다. 우리가 인터뷰했던 사람들은 공통적으로 이런 특징을 갖고 있었다. 우리보다 환멸이나 우여곡절을 적게 경험해서가 아니었다. 단지 이것들을 대하는 태도가 달랐기 때문이다. 존은 이렇게 말했다.

"반평생 제 인생의 의미는 더 나은 세상을 만들겠다는 희망에 있었습니다. 그런데 이런 희망 뒤에 온 것은 끔찍한 환멸뿐이었어요. 이런 일을 당하고 나면, 후회도 되고 혼란에 빠지기도 하죠. 내가 삶을 허비한 것은 아닌가, 다른 길을 택했더라면 삶이 어떻게 되었을까 하는 생각도 들죠. 하지만 '만약에'라는 생각을 갖고 살아갈 수는 없는 노릇이잖아요. 그래서 그 후부터는 삶을 주어지는 대로 받아들이기로 했어요. 덕분에 행복한 순간들도 많이 경험했죠.

어렸을 적부터 나는 예술적인 재능이 내 안에 잠재되어 있다는 걸 알고 있었어요. 하지만 내가 하는 일에서는 이런 재능을 표출할 수 없었죠. 그런데 다행히 프라하에 살던 이 년 동안 여유 시간이 늘어나서 인물데생 강좌를 들었습니다. 이렇게 시작된 취미는 내 삶의 마지막 세 번째 시기에 새로운 의미를 부여해주었지요.

캐나다로 돌아온 후에는 당에서 일하던 시기에 연마했던 편집기술을 이용해서 보건 분야의 편집 일을 시작했습니다. 이 일이 십오 년 넘게 가장 큰 보람을 안겨주었지요. 또 많은 회화강좌를 듣고 수채화를 배우는 데 집중했어요. 덕분에 은퇴 후에는 그림 그리는 일을 시작할 수 있었습니다. 개중에는 이런 외도를 후회하는 이들도 있겠지만, 이런 외도들이 없었다면 좋은 일들을 그렇게 많이 경험하지는 못했을 거예요."

칠십대인 엘사는 이제껏 자신에게 가장 훌륭한 조언을 해준 사람은 바로 딸이었다고 했다.

"엄마, 훌훌 털어버리고 다시 정신 차리면 돼."

행복을 발견한 사람들은 공통적으로 '훌훌 털어버리고 다시 정신 차릴 수 있는' 능력이 있었다. 낙담했던 경험이 다른 사람들보다 적어서가 아니라, 장애에 굴복하는 것을 스스로 용납하지 않았기 때문이다.

행복을 결정짓는 주요 요인의 하나는 장애에 부딪혔을 때 우리가 내딛는 걸음일 것이다. 장애는 언제나 있기 마련이므로, 장애에 부딪히더라도 다시 위험을 감수할 줄 알아야 한다. 그래야 상처를 입거나 실연을 당하더라도 다시 사랑을 받아들일 수 있고, 실패를 하고 거부를 당하더라도 다시 시도를 할 수 있다. 존이 그랬던 것처럼, 자신이 잘못된 길 위에서 있었다는 것을 깨달아도 훌훌 털어버리고 다시금 삶 속으로 뛰어들어야 한다.

후회를 이기는 데 꼭 필요한 것이 있다. 바로 부드러운 관용이다. 자신을 용서하지 못하면 타인도 용서할 수 없다는 말이 있다. 후회를 남기지 않는 것이 가장 좋지만, 살다보면 대부분 몇 가지쯤 후회를 안게 된다.

그러므로 먼저 자신의 후회를 치유하겠다고 마음먹고, 이런 후회들을 용서로 녹여버리며, 당시에는 그것이 최선이었음을 인정해야 한다. 바로 이런 태도가 후회를 받아들이고 놓아버리는 지혜다. 더없이 행복한 이들은 자신의 삶과 평화로운 관계를 유지하는 반면, 불행한 사람들은 후회를 곱씹다 새로운 기회마저 놓쳐버리기 일쑤다.

하지만 후회도 삶에서 한 가지 아주 중요하고 긍정적인 기능을 한다. 인생에서 정말로 중요한 것이 무엇인지를 일깨워주는 것이다. 후회에 주의를 기울이면, 앞에 놓여 있을지도 모르는 더 깊은 후회의 늪을 피할 수 있다. 한 예로, 내가 아프리카 여행 제안을 받아들인 것은 국립공원에서 일할 기회를 놓쳐버린 데 대한 후회 때문이었다.

노인이 된 자신의 모습을 떠올리며 질문을 던지면, 어떤 선택을 해야 할지 알 수 있다. 살면서 후회나 실수를 피할 수는 없지만, 정기적으로 노인이 된 자신의 모습을 떠올리며 자신과 대화를 나누면, 이 생에서 해야 할 일들을 놓쳐버릴 위험성은 줄어든다.

235명의 인생 선배들에게 살아오면서 위험을 충분히 감수한 것 같으냐고 묻자, 대부분이 그렇지 않다고 대답했다. 살 만큼 살고 나면, 위험을 감수해도 잃을 것이 훨씬 적다는 것을 깨달을 것이다. 만약 일 년밖에 살 수 없다면 여러분은 어떤 모험을 하겠는가? 그냥 책상 밑에 숨어서 안전하게 살겠는가? 창가에 서서 쇼를 구경만 하겠는가? 현관 안락의자에 앉아 있는 노인의 눈으로 자신의 삶을 바라본다면, 여러분은 어떤 선택을 하겠는가?

매주 다음의 질문들을 생각해보면, 두 번째 비밀을 삶 속에서 실천하는 데 도움이 될 것이다.

◆ 오늘 혹은 이번 주 나는 두려움을 갖고 행동하지 않았나? 내일 혹은 다음 주에 더 용감한 사람이 되려면 어떻게 해야 할까?

◆ 이번 주 나는 신념에 따라 행동했는가? 다음 주에 나의 신념을 더욱 확고히 지키려면 어떻게 해야 할까?

◆ 두려움 없이 용감하게 행동한다면, 지금 이 순간 나는 삶에서 어떤 조처를 취할까? 현관 안락의자에 앉아 지난 삶을 돌아보는 노인이라면, 지금 이 순간 무엇을 변화시킬까?

◆ 지금 내 삶의 장애물에 나는 어떻게 대응하고 있는가? 굴하지 않고 앞으로 나아가고 있는가? 아니면 뒤로 물러서고 있는가?

스스로 사랑이 돼라

5

"타인에게 사랑받을 수 없다면, 나 자신
이 사랑 자체가 되면 된다는 생각이 들었어요. 타인
들이 나를 사랑하는 문제는 내 마음대로 어떻게 할
수 없어도, 내가 사랑으로 충만한 사람이 되느냐 안
되느냐는 내 뜻대로 할 수 있다는 것을 깨달은 거죠.
신은 나를 사랑하며, 인간이라는 사실 자체로 내가
이미 충분히 가치 있는 존재라는 것도 알았고요. 사
랑을 구하기보다 나 스스로 사랑이 되기로 결심한
순간 커다란 변화가 일어났어요."

삶은 곧 사랑이다.
그러므로 사랑을 잃으면 삶도 잃어버린다.

— 레오 버스카글리아 —

타인들의 행복을 바란다면, 연민의 정을 실천하라.
그대 자신의 행복을 원할 때도, 연민의 정을 실천하라.

— 달라이 라마 —

데이비드는 이제 칠십대에 들어섰다. 그는 아버지가 돌아가셨을 때 겪은 일들을 들려주었다. 아버지의 임종을 지키려고 세계 각지에서 식구들이 모여들었다. 이 마지막 며칠 동안 데이비드는 중요한 사실을 발견했다. 아버지가 당신의 소유물에 대해서는 한마디도 언급하지 않는다는 점이었다. 차나 집, 평생 모아들인 물건들에 대해서는 한마디도 입에 올리지 않았다. 대신 결혼식이나 출산, 가족 여행, 친구들과 함께했던 시간들 같은 특별한 순간들을 담은 사진들에 둘러싸여 지냈다.

아버지의 임종을 지켜보면서 데이비드는 이런 생각을 했다. '삶이 종착지에 이르렀을 때, 살날이 얼마 안 남았을 때, 우리가 정말로 관심을 갖는 것은 사랑뿐이구나.' 데이비드는 아버지의 마지막 며칠을 언제나 기억하며 지냈다. 그 모습은 그에게 삶의 인도자 같은 역할을 해주었다. 이탈리아계 미국인 작가로 풍부한 영감의 소유자인 레오 버스카글리아도 이런 말을 했다.

"삶은 곧 사랑이다. 사랑을 잃으면 삶도 잃어버린다."

수백 건의 인터뷰를 하면서, 나는 행복하고 의미 있는 삶을 만들어가는 근본 토대가 바로 사랑을 주고받는 것임을 분명하게 깨달았다. 행복의 가장 위대한 원천도 사랑이고 후회의 가장 커다란 원천도 사랑이었다.

이와 더불어 단순히 사랑을 받는 게 중요한 것은 아니라는 점도 분명하게 깨달았다. 죽기 전에 발견해야 할 세 번째 비밀은 사랑으로 충만한 사람이 되어 사랑을 나누는 것이다. 스스로 사랑 자체가 되는 것이다.

사랑은 선택이다

사랑은 대단히 많은 의미를 지닌 말이다. 그러므로 사랑의 감정과 사랑의 선택을 구분할 필요가 있다. 우리 사회에서는 일반적으로 사랑을 하나의 감정으로 인식한다. 흔히들 "그녀는 그와 열정적으로 사랑에 빠졌어", "골프와 피자를 사랑해", "파티를 사랑해" 등의 말을 한다. 이때 우리가 의미하는 것은 사랑을 느끼는 감정이다.

하지만 인생 선배들의 이야기를 들으면서, 삶에서 사랑의 중요성을 말할 때 이들이 의미하는 사랑은 감정이라기보다 하나의 선택임을 깨닫기 시작했다. 행복하고 의미 있는 삶의 비밀은 사랑으로 충만한 사람이 되기를 스스로 선택하는 것, 즉 사랑 자체가 되는 것이었다. 물론 사랑을 마음먹은 대로 '느낄' 수 있는 능력이 우리에게는 없다. 하지만 매순간 사랑을 선택할 힘은 있다.

이 세 번째 비밀을 실행하는 방법은 세 가지다. 첫째는 자기 자신을 사랑하는 것이다. 다음은 가족이나 친구 등 자신과 가장 가까운 사람들을 사랑으로 대하는 것이다. 그리고 모든 관계에서 스스로 사랑 자체가 되는 것이다.

일흔세 살의 폴은 은퇴한 사업가다. 그는 암에 걸렸으며 자원봉사로 호스피스 일을 한다. 회복 불능의 말기 환자들과 많은 시간을 함께 보내면서, 이들이 편안하게 죽음을 맞이하도록 돕는다. 자신도 중병에 걸렸으면서 죽어가는 사람들을 위로하는 일에 시간을 할애하고 있는 것이다.

그는 한 번도 본 적 없는 환자를 간병하러 가서 한 호스피스와 교대를 하게 되었을 때 겪은 일을 들려주었다. 그가 교대를 하러 가자, 호스피스가 그를 구석으로 데려가서 이렇게 속삭였다.

"당신이 보살필 남자는 암환자예요. 그런데 암이 이제는 그의 얼굴에까지 침입했어요. 그 탓에 얼굴이 일그러져버렸지요. 미리 각오를 하는 게 좋을 겁니다. 그의 얼굴을 보면 어떤 반응을 일으킬지 모르니까요."

그는 병실로 들어가 환자의 얼굴을 보았다. 아물지 않은 종기들로 얼굴이 완전히 망가져 있었다. 처음에는 혐오감이 확 몰려왔다. 하지만 폴은 자신에게 이 남자를 사랑할 힘이 있다는 사실을 떠올렸다.

"순간 사랑의 눈으로 그를 바라보았어요. 그러자 그의 얼굴도 다르게 보이더군요. 그의 내면에 숨 쉬고 있는 아름다움이 눈에 들어왔습니다. 그의 영혼이 환해지는 것도 느껴졌어요. 내가 그를 사랑하기로 선택했다는 것을 그가 무의식적으로 느꼈기 때문입니다."

사랑을 선택하는 힘이 우리 자신뿐만 아니라 상대방까지 변화시킨다는 점을 그는 깨달은 것이다.

선한 늑대에게
먹이를 줘라

세 번째 비밀을 실행하는 첫 번째 방법은 자기 자신을 사랑하는 것이다. 자신을 가치 있는 사람으로 여기지 않으면 행복을 발견할 수 없다. 자기를 사랑해야만 영혼이 건강할 수 있다는 말이다. 물론 아주 당연하고 자연스럽게 자신을 사랑하는 이들도 있다. 교육과 어린 시절의 경험 덕분에 자기만의 가치를 깊이 인식하고 있기 때문이다. 하지만 이와 반대로 힘든 과정을 거쳐서 아주 어렵게 자신을 사랑하게 되는 이들도 있다.

일흔한 살의 엘사는 앞 장에서 모험 이야기를 들려주었던 할머니다. 그녀는 사랑에 대해서 가장 많은 가르침을 주었다. 그녀는 2차 세계대전이 한창일 때 독일에서 자라났다. 그 탓에 아주 힘든 유년기를 보냈다. 그녀의 아버지는 독일군 장교였다. 그녀 위로 아들이 둘이나 있었지만, 그는 언제나 딸을 원했다. 그래서 엘사가 태어나자 그녀에게 사랑과 애정을 듬뿍 쏟아부었다. 하지만 엘사가 다섯 살밖에 안 됐을 때 그는 가족을 버렸다. 전쟁이 끝난 후 집으로 돌아오지 않은 것이다. 이때부터 엘사는 어머니가 그녀를 차갑게 대한다고 느꼈다.

"자라면서 어머니가 날 별로 사랑하지 않는다고 느꼈어요. 나보다 오빠들을 훨씬 더 사랑하는 것 같았지요. 그렇게 몇 년이 흐른 뒤 어른이 되었을 때 난 그것이 나만의 상상은 아니라는 걸 깨달았습니다. 아버지는 언제나 딸을 원했어요. 그래서 내가 태어나자 엄청난 사랑을 주었죠. 아버지가 어머니를 떠났을 때 어머니가 내게 분풀이를 한 건 이 때문이었어요. 한번 상상해보세요. 무슨 이유에선지 어머니가 자신을 사랑하지 않는다고 느꼈을 때 어린아이의 마음이 어땠을지."

충분한 사랑을 못 받은 탓에 엘사는 사춘기도 아주 힘겹게 보냈다. 그러다 어느 순간 아주 중요한 깨달음을 얻었다.

"정확히 언제인지는 모르겠는데, 타인에게 사랑받을 수 없다면, 나 자신이 사랑 자체가 되면 된다는 생각이 들었어요. 설명하기 힘들지만, 타인들이 나를 사랑하는 문제는 내 마음대로 어떻게 할 수 없어도, 내가 사랑으로 충만한 사람이 되느냐 안 되느냐는 내 뜻대로 할 수 있다는 것을 깨달은 거죠.

내가 먼저 사랑으로 충만한 사람이 되면 타인들도 나를 사랑하지 않고 못 배기리라는 걸 어느 정도 깨달은 겁니다. 신은 나를 사랑하며, 인간이라는 사실 자체로 내가 이미 충분히 가치 있는 존재라는 것도 알았고요. 이런 사실은 누구도 내게서 빼앗아갈 수 없다는 것도 깨달았습니다. 충분히 설명할 수는 없지만, 사랑을 구하기보다 나 스스로 사랑이 되기로 결심한 순간 커다란 변화가 일어났어요."

엘사의 이야기는 사랑을 얻는 문제와 달리 사랑을 주는 문제에서는 우리에게 엄청난 힘이 있음을 다시금 일깨워준다. 타인들이 우리를 어떻게 대하든, 스스로 사랑이 되려는 행위는 우리를 변화시킨다. 수십 년 동안 부당하게 수감생활을 하면서도 사랑을 택한 넬슨 만델라 같은 이들의 삶이 바로 그 증거다. 그의 선택에 힘입어 남아프리카에서는 변화와 치유가 시작되었다. 하지만 역사를 돌아보면, 정반대의 선택을 한 사람들도 많다. 국가나 가족의 차원에서 압제를 당하던 사람이 공교롭게도 압제자가 되는 길을 택한 경우도 있다.

엘사의 이야기는 사랑으로 충만한 사람이 되려면 먼저 사랑으로 자신을 대해야 한다는 점도 일깨워준다. 자신을 사랑하는 여러 방법들 가운데 가장 중요한 것은 영혼의 먹을거리를 신중하게 선택하는 것이다. 흔히들 먹는 것이 곧 몸의 건강을 결정짓는다고 말한다. 하지만 영적인 시각에서 보면, 우리를 결정짓는 것은 우리의 생각이다.

인간은 하루에 평균 사만 오천에서 오만 오천 가지의 생각들을 한다. 내면에서 끊임없이 수다가 이루어지기 때문이다. 사람들 누구나 하루 종일 자신과 대화를 나눈다. 물론 대부분의 생각들은 따뜻하고 긍정적인 것들이다. 하지만 자신을 바라보는 시각에 부정적인 영향을 미치는 생각들도 많다. "나는 실패자야", "나는 사랑받을 만한 사람이 못 돼", "나는 매력이 없어", "다른 사람들에게 나의 진가를 보여줘야만 해", "난 뚱뚱해", "난 좋은 부모가 아니야", "나는 좋은 사람이 아니야" 이런 생각은 자신에 대한 사랑을 훼손한다.

일흔여덟 살의 리는 평생 인간의 두뇌를 연구한 사람이다. 그는 인간이 생각으로 자신에게 최면을 걸 수 있는 방법도 연구했다.

"우리는 흔히 어릴 때부터 프로그래밍 됩니다. 이때 자신에게 해로운 생각들에 빠져버리기도 하죠. 저도 그랬습니다. 하지만 생각을 잘 활용하면 이런 최면에서도 벗어날 수 있어요. 생각으로 꽃을 심을 수도 잡초를 심을 수도 있는 거죠. 우리의 잠재의식은 모든 생각을 기도로 받아들이니까요."

이 말을 듣는 순간, 진정한 행복과 지혜를 찾은 이들은 대부분이 내면에 꽃을 심는 데 자신의 시간을 썼다는 생각이 들었다.

내가 인터뷰했던 사람들 가운데 프라빈이라는 남자가 있었다. 그의 아버지는 심각한 정신병에 시달리다 결국 자살을 택하고 말았다. 이로 인해 프라빈은 여러 해 동안 아버지의 병에 대한 죄책감과 자신이 무가치한 존재라는 생각에서 헤어나질 못했다. 자신도 정신병에 걸릴지 모른다는 두려움도 있었다.

　그러다 그는 어른이 되고 나서야, 자신이 가치 있는 존재라는 것을 입증하는 데 엄청난 에너지를 쏟아부으며 살았다는 사실을 깨달았다. 하루 종일 자신의 잠재의식 속에 잡초를 심으며 살았다는 것도 알아챘다. 매일 그는 자신이 무가치한 존재라는 생각에 사로잡혀 지냈다. 그러나 자기성찰의 시기를 거치면서 그에게도 자신을 사랑할 힘이 있다는 것을 깨달았다. 그는 자신을 학대하는 생각들, 아버지의 병에 책임이 있다는 생각, 자신도 아버지처럼 될지 모른다는 생각이 들 때마다, 이런 생각들을 지우고 그 자리에 마음을 밝게 해주는 생각들을 심었다. 이런 변화에는 엄청난 시간이 들었지만, 그는 결국 잘못된 최면을 풀어버리는 데 성공했다.

　우리에게도 무가치한 생각들을 긍정적인 생각들로 교체할 힘이 있다. "아버지의 병에는 내 책임도 있어" 하는 생각은 "병은 누구의 책임도 아니었어. 나도 어쩔 수 없는 것이었다고" 하는 생각으로, "나도 아버지처럼 될지 몰라" 하는 생각은 "나는 아버지가 아니야. 내 운명은 내가 스스로 창조하는 거야" 하는 생각으로 바꿀 수 있다.

　얼핏 너무 분명해서 새삼스럽게 이야기할 가치도 없는 말처럼 여겨질 수도 있다. 하지만 놀랍게도 너무나 많은 사람들이 파괴적인 생각들로 자신의 영혼을 학대하고 있다.

나바호족 전통에는 다음과 같은 이야기가 있다. 늑대 두 마리가 싸움을 하는데, 한 마리는 선이고 다른 한 마리는 악이라는 것이다. 악한 늑대는 분노와 질투, 슬픔, 후회, 탐욕, 교만, 자기연민, 죄의식, 열등감, 우월감, 자신의 몸과 마음을 치유하는 것에 대한 두려움, 성공에 대한 두려움, 다른 사람들이 진리라 여기는 것을 탐구하는 것에 대한 두려움, 다른 사람들의 입장을 헤아리는 것에 대한 두려움, 타인들의 눈과 가슴으로 타인들의 실상을 바라보는 것에 대한 두려움, 거짓임을 스스로 알면서도 공허한 변명을 일삼는 것을 의미한다. 반대로 선한 늑대는 기쁨과 평화, 사랑, 희망, 고요, 겸양, 친절, 공감, 나를 돕기 위해 많은 노력을 기울인 사람들을 향한 애정, 자신과 타인을 기꺼이 용서하는 마음, 내 운명은 내 손 안에 있다는 깨달음을 상징한다.

할아버지가 이런 이야기를 들려주면, 손자는 이렇게 묻는다.

"그런데 할아버지, 어떤 늑대가 이기는데요?"

그러면 할아버지는 이렇게 대답한다.

"내가 먹이를 주기로 마음먹은 늑대가 이기지."

우리가 가장 먼저 할 일은 내면의 늑대 중에서 선한 늑대에게 먹이를 주는 것이다.

시골 이발사의
교훈

그다음으로 중요한 부분은 가장 가까운 사람들을 사랑의 마음으로 대하고 관계를 삶의 우선순위에 두는 것이다. 삶에서 가장 큰 행복이 무엇이냐고 묻자, 어른들은 거의 배우자와 자식, 부모, 친구들을 우선으로 꼽았다. 삶에서 관계를 깊이 발전시키는 일에 초점을 맞추는 사람들이 행복하다는 사실을 다시금 확인할 수 있었다. 한편 가장 후회스러운 것이 무엇이냐고 물었을 때도 어른들은 먼저 관계를 꼽았다. 관계를 가장 소중하게 여기지 않았거나 자신에게 중요한 사람들을 따스하게 대하지 못했다는 것이다.

여러 해 전 목사로 일할 때였다. 어느 불행한 남자가 내게 이런 말을 했다.

"저는 삶의 대부분을 일에 바쳤습니다. 사람은 언제나 부차적인 것으로 생각했죠. 하지만 지금은 제 BMW가 저를 만나러 양로원에 찾아오지는 않는다는 것을 절실하게 깨닫고 있습니다."

켄이라는 예순두 살의 남자는 내가 가장 좋아한 사람 가운데 한 명이었다. 그를 가장 지혜로운 사람으로 추천한 사람은 병원 직원으로 일하는 그의 아들이었다. 자신의 삶에서 가장 지혜로운 사람으로 부모를 추천하는 사람들이 아주 많다는 사실은 놀라웠다. 언젠가는 내 아이들도 나에 대해서 똑같은 느낌을 가졌으면 좋겠다는 바람과 함께 자식들 눈에 삶을 지혜롭게 살아온 사람으로 비춰지도록 열심히 노력해야겠다는 생각도 들었다.

켄의 아들은 이메일에서 이렇게 말했다.

"저희 아버지는 아이오와주의 작은 읍내에서 유일한 이발사입니다."

'읍내의 유일한 이발사'와 대화를 나눈다니 생각만 해도 호기심이 일었다.

켄은 아이오와주 와우콘이라는 작은 동네에서 사십이 년 동안이나 이발사로 일했다.

"내가 일을 시작할 당시에는 이발사가 열세 명이나 있었습니다. 하지만 지금은 나뿐이죠. 내가 '유일한 이발사'가 된 겁니다. 난 그들의 장례식을 전부 보았어요. 이제는 그들의 손자들 머리를 깎아주고 있고요."

인구 사천 명 남짓의 작은 읍내에서 이발사 노릇을 한다는 것은 목사나 사제 역할을 하는 것과 비슷했다. 이발사 일이 어떤 관계나 경계에도 구속되지 않는다는 점만 제외하면 그렇다. 이따금씩이라도 머리를 안 깎는 사람은 거의 없다. 사람들은 머리를 깎는 그 짧은 시간 동안 다른 사람과 친한 사이처럼 앉아서 이야기도 나누고 서로를 관찰하기도 한다.

켄과 이야기를 나누기 시작한 순간, 켄이 의미 있고 충만한 삶에 대해서 상당히 많은 것을 알고 있다는 것을 분명하게 느낄 수 있었다. 지난 세월 충실한 학생처럼 가까이서 사람들을 관찰한 덕분에, 그는 삶에 의미와 목적을 부여하는 것이 무엇이며 이것들을 앗아가는 것이 무엇인지 확실하게 깨닫고 있었다.

"오래도록 관찰을 하다보면 사람들을 행복하게 하는 것이 무엇인지 알게 됩니다."

그가 말했다.

"삶에 사랑이 있고 목적의식을 심어주는 일이 있으면 행복할 수 있지요."

켄에게 가족과 친구들의 사랑이 있고, 이발사라는 직업이 단순히 머리를 자르는 것을 넘어서서 깊은 목적의식을 심어준다는 것을 아는 데는 오랜 시간이 걸리지 않았다. 그에게 이발사라는 직업은 다른 사람을 위해 봉사하는 동시에 깊은 우정을 키울 수 있는 기회를 제공해주었다.

그는 장인에게 들은 조언이 이제까지 들었던 조언 중에서 최고로 감명 깊었다고 말했다. 장인은 막 그를 알게 되었을 즈음 이렇게 말했다.

"인생에는 오르막도 있고 내리막도 있는 법이야. 하지만

다 인생의 한 부분이지. 자네가 가진 수표장이 자네의 성공을 말해주는 건 아니네. 자네가 만나고 영향을 미치는 사람들이 자네의 성공을 말해주지."

켄의 아버지는 켄이 아주 어렸을 때 돌아가셨다. 켄은 사 남매 중 맏이였다. 그는 아버지 역할을 잘 해내고 동생들에게 훌륭한 역할 모델이 되리라 다짐했다.

"제 아버지 같은 아버지가 되어야 한다고 생각했어요."

그는 홀어머니에 사 남매로 이루어진 그의 가족을 많은 사람들이 도와주었다고 했다. 그래서 그도 타인들을 위해서 필요할 때 필요한 자리에 있어주리라 다짐했다. 사람들이 그를 위해 그래주었던 것처럼 말이다.

그의 삶에서 가장 중요한 존재는 언제나 친구와 가족 그리고 이웃들이었다. 아내에게 다음과 같은 광고를 신문에 낼 예정이라고 우스갯소리를 할 정도였다.

"새집 내놓음. 한 번도 산 적 없음."

친구나 가족들과 밖에서 시간을 보내느라 집에 거의 없었기 때문이다.

켄은 우리가 인터뷰에서 깨달은 것들을 그대로 실천하는 좋은 본보기였다. 그는 인간관계를 가장 중요하게 여기고 가까운 사람들을 사랑으로 대하면 행복을 발견할 수 있다는 것을 삶 자체로 보여주었다.

예순다섯 살의 은퇴한 은행원인 데이브는 뼈아픈 이야기를 들려주었다. 삶에 대해 이제까지 들은 조언 가운데서 가장 기억에 남는 것이 무엇이냐고 묻자, 그는 이렇게 대답했다.

"제가 사십대였을 때입니다. 직장 상사의 부인이 암으로 세상을 떴어요. 몇 달 후 직장으로 돌아온 상사가 어느 날 로비에서 제 팔을 붙잡고 이렇게 당부하더군요. '데이브, 아내와 시간을 더 많이 보내게. 아내와 시간을 더 많이 보내.' 나한테 굳이 그런 말을 해줄 이유가 없었는데도 나를 불러 세워서 그렇게 말했어요. 그것이 이제까지 들은 조언 중에서 단연 최고였습니다. 아마 그가 지금 나를 보면 '자네 내 말을 귀담아 듣지 않았군!' 하고 혀를 찰 거예요."

데이브는 다시 옛날로 돌아갈 수 있다면 관계에 더 많은 가치를 두겠다고 했다. 일을 대단히 좋아하긴 했지만, 성공을 위해 너무 많은 것을 희생했다고 느낀 것이다. 우리가 인터뷰했던 대부분의 인생 선배들도 데이브와 다르지 않았다. 생계와 출세에만 너무 급급하다가 자신의 삶 속에 있는 사람들이 얼마나 중요한 존재인지를 망각해버렸다고 했다.

이뿐만이 아니었다. 사소한 일과 화 같은 감정으로 따스해야 할 인간관계를 망쳐버렸다며 후회하는 이들도 흔했다. 예순여덟 살의 수잔도 이제 어른이 다 된 자녀들과의 관계를 후회하고 있었다.

"제 감정에만 너무 빠져 살아서, 아이들이 필요로 할 때 그 자리에 있어주지 못했어요. 그러지 않았다면 다른 사람들처럼 아이들과의 유대가 더욱 깊어졌을 텐데 말입니다. 아이들이 원하는 자리에 있어주지 못한 게 못내 후회스러워요. 제 친구들은 대부분 자식들과 가깝게 지내는데 말이죠. 과거로 돌아갈 수 있다면 아이들과의 관계를 개선하고 싶어요."

그런가 하면 사소한 문제들을 관계보다 더욱 중요하게 생각했다며 후회하는 이들도 있었다. 여든네 살의 도널드는 과거로 돌아가서 자신에게 이렇게 말해주고 싶다고 했다.

"아이들한테 너무 화내지 마. 아이들은 별 잘못 없어. 괜히 너 혼자 말도 안 되는 일로 화내는 거지.'

맏아들이 여섯 살이었을 때였습니다. 저보고 심리학자가 뭐 하는 사람이냐고 물었어요. 제 직업이 심리학자였거든요. 저는 슬픔에 젖은 사람을 행복하게 해주려고 노력하는 사람이 심리학자라고 대답했죠. 그런데 세 살짜리 아들을 혼내줄 때였어요. 아이가 울자 큰애가 다가와서 이렇게 말하는 겁니다. '아빠! 뭐 하는 거야? 아빤 훌륭한 심리학자가 아닌가봐?' 그래서 제가 뭐랬는 줄 아세요? '지금은 아빠 노릇을 하는 중이야!' 하고 소리쳤어요.

당시에는 아이들을 있는 그대로 이해하지 못했어요. 하지만 과거로 다시 돌아갈 수 있다면, 아이들과 보내는 시간을 더 많이 가질 겁니다. 아내가 그랬던 것처럼요. 우리는 사랑하는 사람을 존중하는 것이 얼마나 중요한 일인지 너무 쉽게 망각해버리는 것 같아요."

그의 이야기를 듣는 순간, 사소한 일로 사랑하는 사람들에게 화를 냈던 순간들이 머릿속을 스쳤다.

여러 해 전 아이들이 십대 초반이었을 때의 일이다. 아내가 이웃집에서 중고 트램펄린을 사겠다고 했다. 덩치도 크고 아주 낡은, 한마디로 흉물스런 물건이었다. 나는 이웃집 아들이 대학에 가고 없어서, 그 집 부모가 그 트램펄린을 없애고 싶어 한다는 걸 알고 있었다. 하지만 뒷마당을 막 새로 단장했던 터라 그 볼썽사나운 물건을 마당 한가운데에 둔다는 것이 영 마뜩치 않았다.

트램펄린이 마당을 차지하고 나자, 나도 모르게 아내에게 짜증을 냈다. 그러자 아내는 내 말은 귓등으로 흘려버리고 정말로 중요한 것이 무엇인지 다시 생각해보라고만 했다. 나는 침실 창문으로 바깥을 바라보면서 다른 사람들이 다 들을 만큼 크게 "으으!" 소리를 내질렀다. 침실 창문으로 내다보이는 새로운 풍경을 내가 싫어한다는 걸 모든 식구들에게 알린 것이다.

몇 시간 후 아이들이 그 새로운 놀이기구 위에서 신나게 폴짝거리며 웃는 소리가 들려왔다. 그러자 아이들도 곧 집을 떠나 그들만의 삶을 살아가리라는 생각이 들었다. 그러면 분명 새로 단장한 마당의 아름다움보다 아이들의 목소리를, 집 안 가득 울려 퍼지는 아이들의 건강한 웃음소리를 더 많이 그리워할 터였다. 불현듯 찾아온 아주 중요한 깨달음이었다.

사회주의당을 떠나 화가가 되었다던 아흔세 살의 존은 오십이 년 동안이나 결혼생활을 했다. 그는 결혼생활이 삶에서 가장 큰 행복을 가져다주었다고 말했다.

"친구들은 언제나 우리 부부를 부러워했습니다. 부부 금실이 그처럼 좋다니 운이 좋다며 비결을 묻곤 했죠. 저는 배우자를 언제나 동등한 존재로 대해야 한다고 말해주었습니다. 실제로 우리 부부가 그랬거든요.

상대방의 장점은 물론이고 단점도 받아들여야 해요. 누구에게나 단점은 있으니까요. 물론 단점은 나중에 개선될 수도 있고 그렇지 않을 수도 있습니다. 그래도 상대의 존재와 상대가 가진 것들을 있는 그대로 인정해주어야 해요. 아내에게 화가 날 때마다 저는 이렇게 묻곤 했습니다. 나를 화나게 하는 이 문제가 우리 관계보다 더 중요한가? 서로를 향한 우리의 사랑을 위태롭게 할 만한 것인가? 그러면 답은 언제나 '아니다'였습니다."

매순간 사랑의 마음을
선택하라

인터뷰를 진행하면서 우리는 주변 사람들을 사랑의 눈으로 바라보는 것이 참으로 중요하다는 것을 새삼 깨달았다. 여든다섯 살의 결혼상담가 매기는 오십 년 넘게 부부들의 이야기를 들어왔다. 그 오랜 세월 상담을 하면서 무엇을 깨달았느냐고 묻자 그녀는 이렇게 대답했다.

"함께 살기 시작할 무렵에는 대부분이 배우자의 좋은 점에 초점을 맞춥니다. 그러다 시간이 지나면서 좋아하는 점보다는 짜증스런 점들에 집중하죠. 이 비율을 뒤집으면, 결혼과 가정생활이 훨씬 즐거워질 겁니다."

여든여섯 살의 짐은 결혼생활을 한 지 육십오 년이 넘었건만 이 간단한 진리를 실천하며 지금도 행복하게 살고 있다. 짐은 군인으로 크게 성공했지만 정말로 중요한 것이 무엇이냐는 질문에 계속 아내 이야기로 대답했다. 그들은 고등학교 시절에 만났다. 그녀와 데이트를 하고 싶었지만, 수줍음에 다가갈 엄두를 못 냈다. 그러던 어느 날 그녀가 남자친구와 헤어졌다는 소식이 들려왔다. 그는 기회를 놓치지 않고 그녀에게 영화를 보러 가자고 했다. 당시 개봉 영화는 관람료가 이십오 센트나 되는 반면, 오래된 재상영 영화들은 오 센트

밖에 안 했다. 가난했던 그는 그녀를 감동시키기 위해서 이십오 센트를 빌렸다. 영화를 보고 난 후 그들은 줄곧 붙어다녔으며 결국에는 결혼에 성공했다.

결혼 후 그는 결혼기념일이 아닌 첫 데이트 기념일에 해마다 아내에게 붉은 장미를 보냈다.

"저처럼 아내도 그날을 중요하게 생각하거든요. 해마다 첫 데이트 기념일에 붉은 장미를 보내고 나면, 결혼생활의 온갖 부침에도 내가 처음에 아내를 왜 사랑하게 되었는지 잊지 말아야겠다는 생각이 다시 듭니다."

우리도 사랑하는 사람에게서 끊임없이 이 '붉은 장미'를 발견해야 할 것이다. 언제나 사랑하는 사람의 좋은 점에 초점을 맞추어야 한다는 말이다.

어느 주요 대학에서 실시한 연구 결과, 보통의 가정에서 주고받는 부정적인 메시지와 긍정적인 메시지의 비율이 14대 1이라고 한다. 한 번 긍정적인 메시지를 줄 때마다 비판적인 메시지는 열네 번이나 던진다는 말이다. 반면 오래도록 행복한 결혼생활을 누리는 부부들에게서는 일반적으로 긍정적인 메시지와 부정적인 메시지의 비율이 7대 1로 나타났다. 우리에게는 이 비율을 역전시킬 힘이 있다. 매순간 사랑을 선택하고, 서로를 긍정할 힘이 있다는 말이다.

이제 예순두 살이 된 짐은 첫 번째 아내와의 관계를 들려주었다.

"첫 번째 아내는 수술을 받고 나서 오륙 년 동안이나 만성적인 통증에 시달렸습니다. 통증 때문에 정신병에 걸려서 자살도 여러 번 시도했어요. 당시 나는 매일 아내가 무사할지 걱정하면서 퇴근을 했습니다. 한마디로 산지옥이었지요. 이런 경험을 하면서 개인의 선택이 참으로 중요하며 가족과 사람을 최우선으로 삼아야 한다는 것을 뼈저리게 느꼈습니다.

친구와 식구들은 아내를 정신병원에 입원시키고 내 삶을 살아도 충분히 이해할 수 있다고 말해주었어요. 하지만 나는 아내를 포기하지 않았습니다. 삶이 말할 수 없이 고달팠지만, 아내를 내 삶에서 가장 중요한 존재로 받아들인 덕분에 그 자리를 끝까지 지킬 수 있었어요. 난 이런 내 모습이 정말 마음에 들어요."

이어서 그는 이런 말도 했다.

"젊었을 때는 근사한 일에서 힘을 얻었어요. 하지만 살아갈수록 가족과 친구, 특히 두 번째 아내와 양아들이 행복의 진정한 원천이라는 걸 깨달았습니다."

시골 이발사인 켄도 오랜 세월 그에게 머리를 맡긴 손님들을 관찰하면서 다음과 같은 생각을 갖게 되었다고 했다.

"삶에 사랑이 있으면 행복을 얻을 수 있어요."

정확한 말이었다. 모든 만남에서 스스로 사랑이 되기를 선택하면, 사랑과 친절을 우리의 나아갈 길로 선택하면, 행복이 우리를 발견할 것이다. 사랑을 주면, 그 사랑은 부메랑처럼 우리에게 행복으로 다시 돌아올 것이다.

리아의
아침 기도

예순세 살의 반시는 캐나다에 사는 탄자니아 이민자이다. 힌두교도인 그녀는 타인들에게 친절을 베푸는 것이 행복한 삶의 핵심이라고 믿었다. 이제까지 받아본 중에 최고의 조언이 무엇이었냐고 묻자, 그녀는 어린 시절에 어머니가 해준 말을 떠올렸다.

"어머니는 언제나 '되도록 모든 사람들을 이롭게 하고 해를 입히지 말라'고 했어요. 이 간단한 가르침에 따라 살다보니 커다란 행복이 주어졌습니다. 사람들을 만날 때마다 어떻게든 그들의 마음을 밝게 해주기 위해서 스스로 따스한 사람이 되려 했습니다. 행동으로든 말로든 사람들에게 해를 입히지 않으려고도 했고요."

그녀는 누구나 사람들을 만날 때마다 활력을 얻거나 주게 된다고 말했다.

"누구든 말이나 행동으로 타인의 하루를 행복하게 해줄 수도 있고 반대로 망쳐버릴 수도 있어요. 저는 언제나 말을 특히 조심했어요. 혀는 면도날과 같거든요. 말로 누군가를 이롭게 할 수도 있지만, 씻지 못할 상처를 줄 수도 있어요."

그녀와 대화를 나누면서 세 번째 비밀이 단순히 사랑을 얻거나 가까운 사람에게 사랑을 베푸는 것이 아님을 알 수 있었다. 비밀은 바로 평생 사랑을 하나의 존재 방식으로 구현하는 것이었다. 진실로 사랑이 되면, 우리 자신도 변화한다.

사람들은 사랑과 친절을 선택하는 것이 중요하다는 사실을 더욱 확실히 깨닫게 된 과정도 이야기해주었다. 나는 스스로 사랑이 되는 것이 타인들도 이롭게 하는 길일뿐만 아니라, 그 과정에서 우리 자신도 변화한다는 것을 깨달았다. 사랑의 마음으로 행동하는 것에 초점을 맞출수록, 우리는 더 많은 행복을 얻게 된다.

예순여덟 살의 수잔은 유명한 이민자 노동운동 지도자인 세자르 차베스Cesar Chavez의 개인비서였다.

"차베스와 함께 농장 노동자들과 일하면서 라틴 문화를 접했고, 그것이 저를 가장 크게 변화시켰어요. 라틴 사람들은 제가 평생 동안 만났던 사람들보다 훨씬 따뜻하고 개방적이었어요. 그들에게는 베풀 줄 아는 영혼이 있었습니다. 타인들에게 친절을 베푸는 것과 관계를 삶의 핵심으로 여기는 것이 그들의 문화였으니까요."

그녀는 이들을 보면서 사랑과 친절을 선택하는 것이 행복의 열쇠임을 깨닫기 시작했다. 이런 경험은 그녀의 삶을 변화시켰다.

쉰여덟 살의 리아는 아프리카계 미국인으로 인종차별이 남아 있는 남부에서 자라났다. 그녀는 어린 시절 그녀가 살던 동네에서 커다란 사랑을 배웠다. 반면에 동네를 벗어난 곳에서는 증오가 불러일으키는 엄청난 고통을 경험하기도 했다.

"당시엔 인식하지 못해도 이런 증오는 오래도록 가슴에 남습니다. 오십대 중반에 다시 남부로 이사를 갔어요. 피부색깔로 타인들에게 차별당하고 있음을 느꼈을 때 얼마나 고통스러웠는지 다시 기억이 나더군요. 이런 차별을, 나에게는 금지된 것들이 있다는 것을 처음으로 깨달았던 순간이 떠올랐어요. 중학교 때였어요. 초등학교는 흑인 학교를 다녔는데, 부모님이 중학교는 흑인과 백인이 다 다니는 종합학교를 보냈어요. 물론 학교에서 어떤 일들을 겪을지 미리 마음의 준비를 시켜주었지요. 학교에 들어가 보니 아이들은 별로 다정하지 않았고 선생님들은 흑인들을 무시했어요.

그러던 어느 날이었습니다. 마을기념일을 축하하는 퍼레이드가 열렸는데, 구경하기에는 날씨가 너무 무더웠어요. 나는 구석진 곳에 있다가 그만 일사병에 걸려서 기절해버렸습니다. 길모퉁이에 약국이 있었지만, 흑인은 들어갈 수 없었어요. 그런데 어느 백인 남자가 약국으로 들어가서 나에게 콜라를 사다주었어요. 그 일이 지금도 생생하게 기억납니다. 우리의 삶은 백인들에게 좌지우지되었어요. 우리 자신의 권한은 전혀 없었습니다. 하지만 난 사랑으로 나를 대해준 그 남자의 선택도 또렷하게 기억하고 있어요."

리아는 그녀만의 아침 의식도 이야기했다. 하루를 시작할 때 명상의 시간을 갖는다고 했다.

"매일 아침 시간을 내서 고요히 책을 읽습니다. 그러곤 집을 나서기 전에 간단히 기도를 올려요. '신이시여, 집을 나서 다시 집에 돌아올 때까지 사랑에 열려 있게 하소서. 저의 따스한 말과 다정한 미소, 당신에 대한 감사의 마음 덕분에 삶이 바뀔 수도 있는 사람들을 위해 하루 종일 사랑에 열려 있게 하소서. 너무 분주해서 이것을 망각하지 않게 하소서' 하고요."

이 얼마나 아름다운 기도인가! 매일 깨어나는 순간부터 잠자리에 들 때까지 타인에게 친절과 사랑을 베풀면 무언가 놀라운 일이 일어나리라는 것을 아는 사람의 기도. 스스로 사랑이 되기를, 만나는 모든 이들에게 따스한 사람이 되기를 선택하면, 삶의 핵심 목적들 가운데 하나를 실현하게 되리라는 것을 아는 사람의 기도. 이 땅에 태어났으므로 이 세상을 더욱 좋은 곳으로 만들어야 한다는 것을 아는 사람의 기도.

여든일곱 살의 압둘라는 인도에서 회교도로 자라났으며, 파키스탄이 독립국가가 된 1948년 종교분쟁을 경험했다. 나중에 캐나다로 이주하기는 했지만, 그는 어린 시절의 경험을 생생하게 기억했다.

"소년 시절 나에게는 회교도와 힌두교도 친구들이 다 있었습니다. 그런데 세상이 바뀌면서, 마을에서 회교도와 힌두교도들 간에 끔찍한 폭력 사태가 일어났어요. 힌두교도 소년이 회교도들에게 죽임을 당하자, 몇몇 힌두교도들이 복수를 한다고 몰려온 거예요. 그들이 나를 잡아가려 하자, 나이 많은 어느 힌두교도가 그들을 가로막고 섰습니다. 물론 당시엔 너무 어렸기 때문에 기억이 흐릿할 수도 있어요. 하지만 내 어깨를 감싸던 그 남자의 억센 팔만은 지금도 생생합니다. 그는 주장을 굽히지 않고, 나를 잡아가려면 먼저 자신을 죽이라고 호통을 쳤어요."

여기까지 말하고 나서 그는 잠시 아무 말 않고 그의 손만 내려다보았다. 그의 마음을 담을 적절한 말을 찾는 중인 것 같았다.

"사랑은 정의하기가 참 어려워요. 하지만 저는 사랑을 생각할 때면 언제나 그 남자를 떠올렸습니다. 그는 나이가 많았어요. 아마도 평생 폭력과 증오를 경험했을 테고, 그런 것들에 신물이 났을지도 모르죠. 하지만 저는 언제나 예언자 모하메드가 제게 사랑의 의미를 가르쳐주기 위해서 그를 보냈다고 믿었어요. 코란에 이런 구절이 있어요. '어떤 친절한 행위도 사소하게 넘기지 말라. 환한 얼굴로 너의 형제를 대하는 것도 마찬가지다.' 의미 없는 친절은 없다는 것을 알 때 행복이 다가옵니다. 친절이 제 목숨을 구해주었어요."

한 노인이 어린 소년을 보호하기 위해서 무슨 일을 벌일지 모르는 위험한 사람들을 가로막고 섰다. 사랑의 행위로 타인의 가슴속에 사랑을 불러일으킨 것이다. 압둘라의 이야기를 듣다보니, 풍상을 다 겪어낸 얼굴 가득 희미한 미소를 머금고 임상에 누워 있는 노인의 모습이 그려졌다. 사랑을 선택한 남자. 그 자신은 살아생전 이 사실을 깨닫지 못했을 수도 있다. 하지만 그의 친절한 행위는 어느 한 사람의 미래를 바꾸어놓았다.

몇 해 전 이십대 후반의 여성이 어머니에 얽힌 감동적인 이야기를 들려주었다. 그녀는 그녀를 만나러 왔던 부모님을 공항까지 배웅해주었다고 한다. 부모님은 집까지 네 시간이나 걸리는 비행기에 탑승했다. 그런데 그날 늦게 아버지한테서 전화가 왔다.

"아버지가 안 좋은 소식이 있다고 했어요. 집으로 가는 비행기가 막 착륙을 시작한 순간 어머니가 심장마비를 일으켜 돌아가셨답니다. 이틀 후 저는 장례식에 참석하기 위해서 집으로 가는 비행기를 탔어요."

그녀는 그 길고 가슴 저렸던 비행 이야기도 들려주었다. 저 아래로 스쳐 지나가는 육지를 내려다보는 순간, 어머니의 마지막 순간들은 어땠을까 하는 생각을 떨쳐버릴 수가 없었단다. 지나온 삶이 뿌듯하셨을까? 깊이 만족하며 돌아가셨을까? 아니면 후회 속에 돌아가셨을까? 죽음을 두려워하셨을까? 아니면 평화 속에서 돌아가셨을까? 당신이 얼마나 많이 사랑받고 있었는지 알고 계셨을까? 그녀의 눈에 한없이 이슬이 맺혔고, 그때마다 그녀는 호흡을 가다듬어야 했다.

비행기가 착륙하자마자, 그녀는 장례식장으로 직행했다. 장례식장은 어머니와 삶을 함께했던 사람들로 가득했다. 어머니는 회교도였는데, 장례식장은 다양한 종교, 다양한 인종의 사람들로 빼곡히 들어차 있었다. 한마디로 사랑이 충만한 장례식장이었다. 부모님 곁을 떠나 산 지 오래라 사람들을 다 알 수는 없었기 때문에 그녀는 아버지에게 일일이 물어야 했다.

그런데 구석에 홀로 앉아 있는 여인이 보였다. 아버지에게 누구냐고 물었지만 모른다고 했다. 어머니와 가장 친했던 친구분들에게도 물어보았지만 결과는 마찬가지였다. 구석에 홀로 앉아 있는 중년의 그 이방인을 아는 사람은 아무도 없었다. 할 수 없이 그녀는 그 여인에게 다가가 물었다.

"저는 고인의 막내딸인데요. 당신을 아는 사람이 아무도 없다는군요. 저희 어머니를 어떻게 알고 지내셨는지 궁금합니다."

"죄송합니다만, 어머니를 알고 지낸 건 아닙니다."

낯선 여인이 말했다.

"그럼, 여기는 왜 오신 거죠?"

그녀가 당황해서 묻자, 그 여인은 다음과 같은 이야기를 들려주었다.

"몇 해 전 삶이 아주 힘들었을 때였어요. 너무 낙담해서 확 자살해버릴까 하는 생각까지 진지하게 하고 있었지요. 그날 시내로 들어가는 버스를 탔습니다. 책을 읽고 있는 어느 부인의 옆자리에 앉았지요. 그런데 버스가 중간쯤 갔을 때 그녀가 책을 무릎 위에 내려놓고 제게 고개를 돌리면서 말했어요. '대화가 필요한 분 같군요.' 왜 그랬는지는 저도 잘 모르겠어요. 하지만 그녀가 워낙 친절하고 열려 있어서, 제게 일어난 일과 제가 무슨 짓을 저지를 생각이었는지 전부 털어놨습니다. 덕분에 집에 돌아갈 즈음에는 전혀 다른 결정을 내릴 수 있었지요. 그리고 그 결정은 저는 물론이고 다른 많은 사람들의 삶에도 큰 영향을 미쳤습니다."

"그런데 그 일이 저희 어머니와 무슨 관계가 있는 거죠?"

딸이 물었다.

"그날은 너무 제 생각에만 빠져 있어서, 제 소개도 안 하고 그녀의 이름을 물어보지도 못했어요. 그런데 이틀 전 신문에서 그녀의 사진을 보고, 오늘 밤 이렇게 여길 온 겁니다. 그녀와 함께했던 이십 분이 제 생명을 구했으니까요."

그 낯선 여인은 울음을 터트리더니 이내 미소를 머금었다. 그러다 다시 울음을 터뜨렸고, 급기야는 울다 웃기를 반복했다. 딸은 그 순간 어머니가 어떻게 평생을 살다 가셨는지 깨달았다. 자식이건 남편이건 친구건 한 번도 만난 적 없는 이방인이건, 그녀의 어머니는 누구에게나 사랑과 친절을 다하려 애썼다. 덕분에 그녀는 행복할 수 있었다.

딸은 어머니의 삶의 태도가 어머니도 상상하지 못한 방식으로 중요한 차이를 만들어냈다는 사실을 확인했다.

"어머니의 삶은 온통 사랑을 위한 것이었습니다. 그녀는 다른 사람들에게 행복을 가져다주었고, 그 과정에서 자신도 행복을 찾았어요. 저는 기도했습니다. '저도 어머니와 같은 삶을 살게 해주소서'라고요."

열세 살에 호수에서 얼음구멍에 빠졌던 치유사 톰은 그의 운명을 발견하고 나서 내게 이렇게 말했다.

"제가 요즈음 여기서 하는 일, 다시 말해 사랑을 선택하는 일은 우주 전체에 영향을 미칩니다. 우리 전통에서는 현재의 행위 하나하나가 일곱 세대를 지나는 동안이나 영향을 미친다고 믿습니다. 내 아이들과 손자, 증손자 등등. 우리가 하는 모든 일들이 다른 모든 존재들에게 영향을 미친다는 말이죠. 그러므로 자식이든 이방인이든 이들을 사랑하기로 선택하는 순간, 우리의 미래도 달라지는 겁니다."

매주 다음의 질문들을 생각해보면 세 번째 비밀을 삶 속에서 실천하는 데 도움이 될 것이다.

- 오늘 혹은 이번 주 나는 친구와 가족, 가까운 관계들을 위해 여유를 냈는가? 사람보다 일을 더 중요하게 여기지는 않았는가?

- 오늘 혹은 이번 주 나는 가까운 사람들을 친절하고 따뜻하게 대했는가? 어떻게 하면 내일 혹은 다음 주에 이들을 더욱 다정하게 대할 수 있을까?

- 오늘 혹은 이번 주에 나는 사람들과의 관계를 통해서 세상에 사랑과 친절을 퍼뜨렸는가?

- 오늘 혹은 이번 주 나는 마음속의 늑대 중에서 어느 늑대에게 먹이를 주었는가? 자신을 사랑으로 대했는가? 부정적인 자기대화 self-talk 나 자기최면에 빠지지는 않았는가? 마음속에 꽃을 심었나? 아니면 잡초를 심었나?

지금 이 순간을 살아라

6

과거는 이미 지나간 것이므로 우리 뒤에 있다. 어떤 일이 일어났든 이것을 바꿀 힘이 우리에 겐 없다. 하지만 미래를 바꿀 힘은 확실하게 갖고 있지 않은가? 천만의 말씀이다. 현재의 순간 속에서는 미래에 대해서도 아무 영향을 미칠 수 없다. 그런데도 우리는 미래를 걱정하느라 많은 시간을 허비한다. 이런 걱정이 불러오는 결과는 오로지 하나뿐이다. 레오 버스카글리아가 말했듯, "걱정은 결코 내일의 슬픔을 씻어주지 않는다. 언제나 현재의 기쁨을 앗아갈 뿐!"

내일을 위해 사는 삶은
언제나 실현에서 하루 먼 삶이 될 것이다.

— 레오 버스카글리아 —

기쁨이 미소의 근원인 때도 있지만,
미소가 기쁨의 근원인 때도 있다.

— 틱낫한 —

인종과 배경이 다른 이백 명도 넘는 사람들에게 삶의 이야기를 듣다보면, 인생의 깊고도 보편적인 맥락을 감지하게 된다. 살아온 환경이 전혀 다른데도 그들만의 독특한 경험을 거의 똑같은 말로 이야기하기 때문이다.

235명의 인생 선배들과 대화를 나누면서 가장 자주 들은 말들 가운데 하나는 모든 게 너무 빨리 흘러간다는 것이었다. 칠십대인 엘사가 한 말도 같은 의미였다.

"젊을 때야 육십 년이 영원처럼 느껴지지요. 하지만 정작 육십이 되면 그 세월이 순간에 불과하다는 걸 깨닫게 된답니다."

삶이 이처럼 빨리 흘러간다면, 주어진 시간 안에서 더 많은 것을 얻어내고 하루하루 매순간을 커다란 선물로 만들 방법을 발견하는 것이 행복의 비밀 가운데 하나일 것이다. 헨리 데이비드 소로는 이를 "시간의 틈새를 활용하는 것"으로 표현했다.

어른들의 이야기를 들으면서 우리는 순간을 사는 것이 네 번째 비밀임을 깨달았다. 순간을 산다는 것은 삶의 모든 순간 속에 온전히 존재하는 것을 의미한다.

삶을 판단하지 않고 그냥 충만하게 살아가는 것이다. 과거나 미래에 초점을 맞추는 대신 감사의 마음과 목적을 갖고 매순간을 경험하는 것이다. 매순간 만족과 행복을 선택할 힘이 우리에게 있음을 깨닫는 것이다. 지혜로운 사람들은 하루하루를 커다란 선물로 받아들인다.

순간 속에
존재하라

육십대인 맥스는 매일 아침 강아지를 데리고 산책할 때마다 마주치는 남자 이야기를 들려주었다.

"강아지를 데리고 산책할 때마다 만나는 남자가 있어요. 팔십은 족히 넘었는데 아직도 다양한 활동들을 하고 있죠. 만날 때 어떻게 지내냐고 물으면 그의 대답은 언제나 똑같습니다. '여기 이렇게 살아 있다네!' 쩌렁쩌렁 울리는 목소리로 힘차게 대답하죠. 그 말의 진짜 의미가 '살아 있다는 사실에 감사해요. 살아 있다는 건 정말로 큰 선물입니다'라는 걸 저는 압니다."

이 이야기를 듣자, 지난 몇 해 동안 만났던 많은 사람들의 얼굴이 떠올랐다. 어떻게 지내냐는 물음에 그들도 비슷한 대답을 했었다.

"음, 어쨌든 여기 이렇게 살아 있습니다."

때로 체념과 슬픔이 섞인 대답도 있었지만, 이들의 대답 속에 숨어 있는 의미는 "다른 곳에 있다면야 더 좋겠지만, 여기 이렇게 살아 있어요"라는 것이었다. 나는 이런 대화들을 통해서 행복한 사람들은 어디에 있든 무엇을 하든 언제나 여기에 온전히 존재한다는 것을 깨달았다.

맥스는 수십 년 동안 연극평론을 하면서 수많은 공연들을 보았는데, 몰입이 잘 안 되는 공연들도 많았다고 했다.

"내 삶을 쓸데없이 낭비하는 것 같다는 생각이 들 정도로 형편없는 연극들도 있었어요. 하지만 그럴 때마다 내 삶에서 그 두 시간을 되돌려 받을 수는 없다는 사실을 상기하고, 공연에서 무언가 즐길 만한 흥미로운 점을 찾곤 했습니다. 지금 이 순간의 삶을 온전히 만끽하고 싶으면, 사전에서 '지루하다'라는 말을 추방해야 해요. 매순간 그저 여기 이곳에 온전히 존재하면서 그 순간이 주는 모든 것을 받아들여야 합니다."

강아지 몰리와의
산행

　　행복한 사람들은 살아 있음에 크게 감사하고 단 하루도 감사하는 마음 없이 허투루 흘려보내지 않았다. 육십대인 조엘은 몇 해 전부터 그만의 의식으로 하루를 시작하고 마무리한다고 했다.

"매일 아침 눈을 뜨면, '또 하루를 주셔서 감사합니다' 하고 기도를 드립니다. 과학자이기 때문인지, 살아 있다는 이 기적을 생각할 때마다, 의식을 지닌 실체인 나를 생각할 때마다, 이런 의식과 능력을 갖고 여기 이 은하수에 살고 있는 나를 생각할 때마다, 존재에 깊은 경외감이 느껴져요. 그래서 오늘을 허랑방탕하게 탕진하지 않게 해달라고, 한순간도 이 하루가 커다란 선물임을 잊지 않게 해달라고 신에게 기도를 드리는 겁니다. 그리고 하루를 마감하고 잠자리에 들기 전에는 아주 작은 일까지 그날 일어났던 좋은 일들을 되새기며 신에게 이런 하루를 주셔서 감사하다고 말합니다."

로마의 철학자 세네카^{Seneca}는 "하루하루를 별개의 삶처럼 여겨야 한다"고 말했다. 하루하루는 목적지를 향한 단계가 아니라, 그 자체로 목적지다. 하루 더 살아 있게 된 것을 커다란 선물로 느낄 줄 알아야만 지금 이 순간을 살 수 있다. 단 한 번뿐인 하루를 낭비하지 않아야만, 과거나 미래를 사는 식으로 이 하루를 망치지 말아야만 지금 이 순간을 살 수 있다.

그러려면 먼저 삶을 계획하지 말고 현재의 삶을 살아야 한다. 깨어 있지 않으면, 행복을 가져다줄 것 같은 것들을 바라보면서 영원히 삶을 견디기만 하게 될 수도 있다. 어떤 조건이 충족되면 혹은 어느 때가 되면 행복할 것이라고 끊임없이 자신에게 최면을 걸면서 말이다. 그렇다고 아직 성취하거나 경험하지 못한 것들을 계획하거나 갈망하지 말라는 말은 아니다. 지금 여기의 순간 속에 살면 언제든 행복을 발견할 수 있다는 의미다.

이 점에서 내 강아지 몰리는 나의 가장 훌륭한 스승들 가운데 하나다. 여행 중이 아닐 때면 나는 매일 몰리와 함께 동네 뒷산을 오른다. 약 사십 분 동안 곧장 산을 올랐다가 다시 내려오는 것이다. 몇 해 동안 이렇게 산행을 하고 난 후 흥미로운 사실을 발견했다. 몰리가 나보다도 더 이 산행을 즐긴다는 점이었다.

내게 이 산행의 목적은 그냥 산꼭대기까지 올라갔다가 다시 내려오는 것이었다. 산행은 만끽이 아닌 완수의 대상이었던 것이다. 나는 산행 자체를 의미 있는 행위로 보지 않고, 더 오래 살기 위한 운동의 하나로 보고 있었다. 하지만 몰리는 산행 자체를 즐겼다. 다른 개를 만나면 멈춰서 인사도 나누고, 무언가 흥미로운 것을 발견하면 충분히 그것을 탐색하고, 장미 향기도 음미했다. 이로 인해 나는 목적지를 향해 기계적으로 발걸음을 옮기면서 내내 "이리 와. 얼른 가자" 하고 몰리를 재촉해야만 했다. 몰리는 순간을 사는 반면, 나는 매 순간을 단순히 겪어내기만 하고 있었던 것이다.

이런 차이를 깨달은 뒤 나도 몰리처럼 산행을 즐기기로 결심했다. 그 후로는 이웃을 만나면 이따금씩 멈춰서 즐겁게 대화도 나눈다. 좋은 경치나 아름다운 꽃을 발견해도 걸음을 멈추고 충분히 그것을 만끽한다. 운 좋게 친구를 만나면 내 목적지를 고집하는 대신 시간을 내서 친구와 함께 길을 걷는다. 이런 변화는 내 삶의 방식을 보여주는 하나의 메타포가 되었다.

모든 '쇼'가
'마지막 쇼'다

아흔세 살의 화가 존은 아흔을 넘기면
서 경험한 흥미로운 변화를 이야기해주었다.

"나는 이제 여덟 살밖에 안 된 아이처럼 사람들에게 아흔
네 살이 다 되었다고 말합니다. 아흔을 넘기면서 내게 주어
지는 하루하루에 그만큼 감사하게 되었기 때문이지요."

그는 인간의 유한성과 그에게 남은 시간이 한정되어 있다
는 자각이 매일의 경험을 변화시키기 시작했다고 했다.

"내 나이쯤 되면, 얼마나 더 살 수 있을지 늘 생각하게 되
죠. 여덟 살과 여섯 살짜리 증손녀들이 있는데, 이런 생각이
들어요. 이 아이들이 몇 살이 될 때까지 살 수 있을까? 초등
학교를 졸업하는 것까지는 볼 수 있겠지? 고등학교를 졸업
하는 것까지는 볼 수 없으리라는 걸 나도 아니까요.

요즘엔 멋진 일출 장면이나 아름다운 발레 공연을 보면 눈
물이 납니다. 아름다워서이기도 하지만, 그것을 얼마나 더
볼 수 있을지 몰라서이기도 하지요. 젊었을 때는 지금 이 순
간을 살라는 말을 귀가 아프게 들어도 그 의미를 확실하게
깨닫지 못했어요. 하지만 이제는 압니다. 나이가 몇이든, 그
아름다운 것들을 얼마나 더 볼 수 있을지 누구도 모른다는

것을요. 그러니까 하루하루 매순간 마지막인 것처럼 감사하며 살아야죠."

그의 말을 듣다보니, 영화 〈프레리 홈 컴패니언^{Prairie Home Companion}〉에서 개리슨 케일러가 했던 말이 생각났다.

"모든 쇼가 마지막 쇼야."

실제로 이 영화는 로버트 올트먼 감독의 마지막 연출작이었다.

노화가의 말은 내 삶의 순간들을 형성하는 중요한 이미지가 되었다. 기쁨의 순간을 마주할 때마다 나도 이런 순간이 얼마나 더 있을지 모른다는 사실을 떠올리고, 그 시간을 급하게 흘려보내는 대신 내 안으로 흡수하는 훈련을 하기 시작했다. 그러자 때로 존이 그랬던 것처럼 감격과 감사의 눈물이 그렁거렸다.

여러 해 동안 나는 암에 걸린 사람들을 많이 만났다. 이들이 공통적으로 한 말 가운데 하나는 암 선고를 받은 후에 두 가지를 경험했다는 것이었다. 하나는 시간이 쏜살같이 지나간다는 것이었다. 반면에 시간이 아주 느리게 흘러간다고도 했다. 갑자기 하루하루 모든 순간이 소중하게 여겨지면서, 매순간을 더욱 충만하게 살게 되었기 때문이다. 어느 것도 단순히 '겪어내야 할' 대상으로 보지 않고 하루도 하찮게 흘려보내지 않게 된 것이다. 몇몇 암 환자들이 암을 '선물'이라고 말한 것은 이 때문이었다.

인터뷰를 마친 후 나도 아침에 눈을 뜨자마자 짧은 명상의 시간을 갖기 시작했다. 살아 있음에 감사하고 그날 하루도 만끽하게 해달라고 빌기 위해서였다. 그리고 하루가 끝날 때도 다시 명상의 시간을 갖고 그날 내게 일어난 행복한 일들에 감사의 마음을 표했다. 그 후로는 하루를 그냥 살아내려는 마음이 들 때마다 더욱 현재에 머물 수 있게 되었다. 또 말할 수 없이 힘든 날에도 감사할 만한 순간을 찾을 수 있게 되었다.

걱정은 내일의 슬픔을 씻어주지 않는다

현재를 산다는 것은 우리에게 과거나 미래를 통제할 힘이 전혀 없음을 깨닫는 것이기도 하다. 과거는 이미 지나간 것이므로 우리 뒤에 있다. 어떤 일이 일어났든 이것을 바꿀 힘이 우리에겐 없다. 어떤 후회, 어떤 기쁨을 경험했든 이것들은 시간 속에 영원히 고정되어 있다. 과거의 후회되는 일에 초점을 맞추면 현재의 행복만 빼앗기게 되므로, 과거를 바꿀 힘이 전혀 없다는 점을 스스로에게 일깨워주어야 한다.

하지만 미래를 바꿀 힘은 확실하게 갖고 있지 않은가? 천만의 말씀이다. 미래는 아직 다가오지 않았지만, 흥미롭게도 현재의 순간 속에서는 미래에 대해서도 아무 영향을 미칠 수 없다. 그런데도 우리는 미래를 걱정하느라 많은 시간을 허비한다. 생각해보라. 아프면 어쩌지? 사랑하는 이들에게 안 좋은 일이 일어나면 어쩌지? 전쟁이 일어나거나 경기가 침체되는 건 아닐까? 아내가 나를 떠나는 건 아닐까? 아이들이 잘 자랄까? 회사가 구조조정으로 인원을 대폭 축소하는 건 아닐까? 이런 걱정이 불러오는 결과는 오로지 하나뿐이다. 현재의 기쁨을 앗아가는 것이다. 레오 버스카글리아가 말했듯, "걱정은 결코 내일의 슬픔을 씻어주지 않는다. 언제나 현재의 기쁨을 앗아갈 뿐!"

물론 현재의 행동 방식은 미래에 영향을 미친다. 하지만 현재의 순간 속에서 할 수 있는 일은 지금 여기에 온전히 존재하는 것뿐이다. 내일은 현재를 받아들이는 것과 같은 에너지로 내일 끌어안으면 된다.

하기야 현재를 사는 것이 말처럼 쉽지는 않다. 현재를 살려면 때로 여러 해 동안 마음을 갈고닦아야 한다. 명상은 우리의 마음을 현재에 붙들어두는 훌륭한 방법이다.

마음을 고요히 하고 현재의 순간에 오롯이 머무는 명상을 처음으로 접했을 때 과거와 미래, 신용카드 청구서, 해야 할 일 등으로 인해 내 마음은 사방으로 흩어졌다. 하지만 결국에는 수행으로 이 모든 것들을 차단할 수 있게 되었다.

여러분도 다음과 같은 훈련을 해보면 좋을 것이다. 마음이 과거에 대한 후회 속에 사로잡혀 있으면, 자신의 마음을 향해 이렇게 말해준다.

"과거에 대해서는 아무것도 할 수 없어. 현재로 돌아와."

십 분 후에도 마음이 똑같은 일을 반복하고 있으면, 똑같이 말해준다. 미래에 대한 걱정에 휩싸여 있을 때도 마찬가지다.

"미래를 바꿀 수는 없어. 네가 할 수 있는 일은 온전히 현재에 머무는 것뿐이야. 그러니 현재로 돌아와."

마음을 향해 이렇게 말해준다. 시간이 지나면, 현재의 순간 속에 더 완전히 머물게 되고, 그 순간 새로운 힘이 생긴다. 행동으로 옮기는 것도 이렇게 되어야만 가능하다.

부정적인 자기대화도 대부분의 사람들이 갖고 있는 심각한 문제 중 하나다. 그러나 사람들은 이것을 심각하게 받아들이지 않고 있다. 지난 장에서 말한 것처럼, 매일 우리는 약 사만에서 육만 가지의 생각들을 한다. 우리를 사로잡는 이런 생각들은 결과적으로 우리를 형성한다. 현재의 자리를 생각하지 않고 과거의 일을 후회하거나 앞으로 나아갈 곳만 꿈꾸는 식으로 계속해서 과거나 미래 속에 산다면, 우리의 마음은 현재의 순간에서 멀어지고 만다.

지혜로운 어른들의 말을 들으면서, 나는 이들이 공통적으로 자신의 마음을 다스릴 줄 안다는 사실을 발견했다. 누구에게나 자신의 마음을 다스릴 힘이 있다. 하지만 대부분의 사람들은 이들과 정반대의 믿음을 갖고 있다. 우리의 마음이 외부 환경에 노예처럼 좌우된다고 생각하는 것이다. 하지만 행복한 사람들은 자신의 마음을 다스릴 수 있는 힘이 생각하는 것보다 훨씬 강하다는 것을 분명하게 알고 있었다.

대학교 일 학년 때 무도회에서 여자 친구에게 춤을 신청했던 심리학자 도널드도 행복에 대한 자신의 권리와 관련해서 전과는 다른 생각을 갖게 되었다고 했다.

"젊었을 때는 외부 세계가 내 감정 상태를 결정짓는다고 생각했어요. 아름다운 일몰 장면을 보면 커다란 기쁨이 느껴지는데, 해가 지고 나면 그 황홀하던 기쁨은 어디로 가버리는 것일까? 행복감을 느낀 것은 그 태양 때문이었을까? 의아했죠. 나는 좋은 기분을 창조해낼 수 있는 능력이 저기 바깥이 아니라 내 안에 있다는 것을 깨닫기 시작했어요. 몇 해가 지난 뒤 어느 스승에게서 마음을 따로 떼어놓기만 하면 된다는 가르침을 받고, 그제야 이해를 했죠."

이어서 그는 삶의 분명한 법칙들을 일러주었다.

"나는 두 가지 원칙에 따라 살았습니다. 하나는 가치가 있는 일이면 온 마음을 다해 그 일을 하라는 것입니다. 여기서 당신과 대화를 나누거나 요리를 하는 일도 그 예이지요. 그저 무언가를 이루기 위해서 하지는 말라는 것입니다. 두 번째 법칙은 내 생각을 형성하는 힘이 나 자신에게 있다는 것입니다. 그것은 전부 내 머릿속에 있어요."

행복을 위한 마음 훈련

행복은 결과적으로 '우리 머릿속에' 있다는 말을 듣자 빛이 반짝이기 시작했다. 어떤 순간에든 만족과 감사의 마음을 선택하면 행복할 수 있다니! 이것은 삶을 변화시키는 대단히 급진적인 생각이었다. 도널드는 이것이 쉽다고도, 여러 해 동안 수련을 해야 한다고도 하지 않았다. 단지 누구든 이렇게 할 수 있다고만 했다.

지혜로운 어른들은 내게 자포자기하는 심정으로 마지못해 받아들이는 것이 아니라, 삶을 능동적으로 편안히 수용하라고 가르쳤다. 행복을 발견할 힘이 외부가 아닌 우리 안에 있으며, 훈련을 하면 언제든 만족스러운 선택을 할 수 있기 때문이다.

대부분의 사람들이 부모나 조부모들이 했던 말을 기억할 것이다. 당시에는 그냥 흘려들었겠지만 이제는 그 말들이 진실임을 느낄 것이다. 이제 육십대인 빌도 마찬가지였다. 어렸을 때 그의 어머니는 아침마다 아이들 방으로 들어와 커튼을 활짝 열어젖히면서 이렇게 말했다.

"빨리 일어나! 삶은 스스로 만들어가는 거야."

빌은 어머니의 그런 행동이 도통 이해가 안 갔단다.

"당시에는 그게 그렇게 싫었는데, 지금은 어머니의 그런 행동이 나한테 도움이 되었다는 생각이 들어요. 삶은 우리에게 그냥 주어지는 것이 아니라, 우리의 반응 양식에 따라 달라진다는 것을 끊임없이 일깨워주거든요."

순간을 산다는 것은 감사의 자리에 머문다는 것을 의미한다. 내가 만난 지혜로운 어르신들도 감사야말로 충족의 근원이라는 말을 되풀이하곤 했다. 이들 대부분이 나이 들수록 감사하는 마음이 더욱 커지고, 자신에게 없는 것에는 욕심을 부리지 않게 되었다고 했다. 감사는 단순히 태도가 아니라 핵심적인 '삶의 철학'인 것이다.

우리가 만난 인생 선배들 대부분은 자신의 삶을 일종의 축복으로 받아들였다. 이런 태도도 이들이 행복을 얻은 비밀의 하나였다. 이들은 우리가 할 수 있는 일이 매일 최선을 다하는 것뿐이라는 것을 알고 있었다. 매일 아침 눈을 뜰 때마다 삶을 하나의 선물로 받아들이고, 그날 하루 매순간 최선을 다하는 것이다.

물론 그 결과가 언제나 우리 마음대로 되는 것은 아니다. 하지만 우리의 반응은 우리 마음대로 조절할 수 있다. 매일 우리가 가진 모든 것을 그 하루 속에 쏟아붓고, 그날 하루를 충실하게 살며, 그날 하루를 커다란 선물로 여기면서 충실하게 사는 것이다. 매일 과거에 대한 후회나 내일에 대한 걱정에 사로잡히지 않고, 현재의 순간에 머물도록 마음을 갈고닦으며, 그날 일어난 일들에 감사의 마음을 갖는 것이다. 그러면 '나는 성공했다'라거나 '나는 행복하다', '나는 불행하다', '나는 실패했다', '기분이 좋거나 나쁘다'는 식으로 매순간 판단하지 않고, 순연히 자신의 삶을 살아갈 수 있다.

우리도 조엘처럼 하루를 시작해보는 것이 어떨까. 아침에 눈을 뜨는 순간 또 다른 하루에 감사하고 오늘을 헛되이 보내지 않게 해달라고 기도드리는 것이다. 사람들을 만날 때는 "여기 이렇게 잘 살아 있어"라고 열정적인 목소리로 인사를 건네고, 자신의 무의식을 향해 현재를 살아갈 수 있게 해달라고 기도하는 것이다. 마음이 과거에 대한 후회나 미래에 대한 걱정으로 허공을 떠돌 때는 이런 식으로 부드럽게 마음을 다시 현재의 순간 속으로 되돌려놓는다. 그리고 아흔네 살이 다 된 화가 존이 그랬던 것처럼, 작은 기쁨이 주어질 때마다 이를 감사하게 받아들인다. 그것이 우리 생의 마지막 기쁨이 될 수도 있기 때문이다. 또 하루가 저문 후에는 아무리 사소한 것이라도 그날의 좋은 경험들을 일일이 되새기면서 또 다른 하루를 간구한다.

매주 다음의 질문들을 생각해보면 네 번째 비밀을 삶 속에서 실천하는 데 도움이 될 것이다.

◆ 오늘 혹은 이번 주 내가 한 일들을 충분히 만끽했나? 나는 진정으로 '지금 여기'에 머물렀나? 아니면 그저 몸만 지금 여기에 있었는가?

◆ 오늘 혹은 이번 주 나는 내가 취할 수 있는 기쁨을 모두 받아들였나? 산책을 하면서 꽃 향기를 음미하고 삶을 성찰했는가? 아니면 그저 목적지를 향해 달렸는가?

◆ 오늘 혹은 이번 주 나는 무엇에 감사했나? 스스로에게 "만약 ……라면 행복할 텐데"라고 말하지는 않았는가? 이번 주 나는 스스로 만족과 행복을 선택했는가?

◆ 오늘 혹은 이번 주 나는 현재의 순간을 살았는가? 아니면 어제나 내일이 오늘의 행복을 강탈해가게 내버려두었는가?

네 번째 비밀 지금 이 순간을 살아라

받기보다 주는 데 힘써라

— 7 —

자신을 발견한 뒤 놓아버려야만 행복을 얻을 수 있다. 자신을 놓아버리는 최선의 길은 타인에게 베풀고, 세상을 우리가 처음 발견했을 때보다 더 좋은 곳으로 만드는 일에 헌신하는 것이다. 이런 행위는 우리를 과거는 물론이고 미래와 연결시켜준다. 이렇게 삶의 고리에 연결될 때 비로소 우리의 삶은 의미를 갖게 된다.

좁은 테두리의 개인적인 문제들에서 벗어나
인류 전체의 폭넓은 문제들에 관심을 기울여야
비로소 진정한 삶을 시작한 것이다.

— 마틴 루터 킹 주니어 —

내게 삶은 금방 꺼지는 촛불이 아니라
밝게 타오르는 횃불과 같은 것이다.
나는 이 횃불을 가능한 환하게 밝히다가
미래 세대에 넘겨주고 싶다.

— 조지 버나드 쇼 —

목사로 있을 때였다. 생판 모르는 한 남자를 위해 장례식을 집도하게 되었다. 장례식 날 조문객 한 명 없이 관 앞에서 조문을 읽던 순간이 지금도 기억난다. 망자는 그 동네에서 평생을 살았으며, 어른이 다 된 두 아들은 불과 몇 시간 거리에 살고 있었다. 그런데도 그의 삶을 기리기 위해 찾아온 사람은 단 한 명도 없었다. 장례식에 참석한 사람은 오직 장의사와 나 둘뿐이었다. 당시 스물다섯 살이었던 내게 이 일은 커다란 충격을 주었다. 이렇게 오래 살았는데 추모해주는 사람 한 명 없다니! 의아할 따름이었다.

후에 그 남자의 삶에 대해 들으면서, 나는 그가 자신의 욕구에만 초점을 맞추고 살았다는 것을 알았다. 그는 말년까지 타인들에게 지독히 모질게 굴었고, 그의 장례식은 그런 그의 삶을 상징적으로 보여주는 것이었다. 살아온 대로 죽은 것이다.

내 할아버지의 장례식은 이와 전혀 달랐다. 장례식 날 식구들은 많은 조문객 수에 놀라움을 금치 못했다. 할아버지는 아주 조용한 분이었다. 그런데 얼굴도 모르는 수많은 사람들이 어머니를 찾아와 할아버지가 그들의 삶을 바꾸어놓았다고 말했다. "할아버지가 보여준 삶에 비해서 조문실로 너무 작은 방을 잡았다"며 장의사가 사과를 하기까지 했다.

장례식장에서 어느 남자가 어머니에게 할아버지와 얽힌 이야기를 들려주었다. 오 년 전 어느 날, 그는 옷가게 밖에서 딸에게 사줄 부활절 드레스를 구경했다. 하지만 그는 그것을 살 형편이 못 되었다. 마침 가게 앞을 지나던 할아버지가 그 남자에게 말을 걸었다.

그러곤 당신도 넉넉지 않으면서 "형편이 될 때 갚으라"며 남자에게 돈을 빌려주고, 그 드레스를 사라고 했다. 수많은 조문객들이 몰려든 것은 이처럼 할아버지가 세상에서 이룬 업적이 아니라 세상에 베푼 덕 때문이었다.

지혜로운 어른들과 그들의 삶을 이야기할 때, 한 가지 빠트리지 않은 질문이 있다. "당신의 삶에 가장 큰 의미와 목적을 부여해준 것은 무엇입니까?" 하는 것이었다. 그들의 대답 속에서 내가 발견한 것은 다섯 번째 비밀, 즉 받기보다 베푸는 데 힘쓰라는 것이었다.

십 분짜리 장례식과
열 시간짜리 장례식

삶을 의미 있게 하는 것들은 다양하다. 하지만 그 핵심은 똑같다. 어떤 이들에게는 아이들이 건강한 어른으로 성장해서 따뜻하고 보람 있게 사는 모습을 지켜보는 것이 삶의 의미일 것이다. 한편 자신이 성취해낸 것들을 뒤돌아보며 이 일이 미래에 미칠 영향을 생각해보는 것을 낙으로 삼는 이들도 있을 것이다. 그런가 하면 일상에서 받기보다 베푸는 데 힘쓰면 행복을 얻을 수 있다는 사실을 가장 중요하게 여기는 이들도 있을 것이다.

예순네 살의 엔은 아이오와주 작은 마을에 있는 그의 이발소에서 행복을 발견했다. 그는 거의 사십 년 동안 머리를 깎으러 오는 손님들의 이야기에 귀를 기울이고, 이들에게 도움을 줄 방법을 모색해왔다.

"삶에서 가장 큰 행복은 언제나 베푸는 데서 비롯된다는 것을 깨달았어요. 내 이발소를 찾는 손님들은 대개 힘들게 사는 사람들입니다. 땅을 일구고 사는 사람들이지요. 나는 반시간 남짓 되는 시간 동안 그들을 정성껏 모십니다. 그들이 편안히 쉬게 해주고, 그들을 위해 무언가를 해주죠. 하지만 이발사의 가장 좋은 점은 사람들과 삶을 함께할 수 있다는 것입니다. 어느 면에서 이발사는 사제와 같아요. 사람들은 이발소를 찾아와 그들의 삶을 이야기합니다. 부모와 갈등이 있는 십대 청소년이 오기도 하고, 가정생활에 문제가 있는 남편이 찾아오기도 합니다. 나는 이들의 이야기를 들어주고, 어떤 식으로든 도움이 되려고 하죠. 이렇게 자신이 무언가 도움이 되었다는 사실을 확인할 때 삶에서 가장 큰 기쁨을 경험합니다."

켄은 장례식에도 숱하게 참석했다고 말했다. 초상집에 불려가서 마지막으로 망자의 머리를 깎아준 적도 여러 번 있었다.

"작은 마을에서 이발사로 일하다보면, 마을 사람들을 한 명 한 명 속속들이 알게 됩니다. 당연히 장례식에 참석하는 경우도 많죠. 나는 십 분짜리 장례식이 있는가 하면 열 시간짜리 장례식도 있다는 사실을 알게 되었습니다. 망자가 생전에 많은 사람들에게 긍정적인 영향을 미쳤으면, 조문객들은 상가에 오래 머물며 망자의 삶에 대해 이야기를 나누고 싶어하죠. 하지만 망자가 이기적인 삶을 살다간 경우엔 그렇지 않습니다. 나는 누구나 열 시간짜리 장례식을 바라는 마음으로 살아가야 한다고 생각해요."

예순일곱 살의 잭은 공학을 전공한 뒤 마지못해 아버지의 사업을 거들었다. 그는 아버지의 삶을 지켜보면서 타인을 위한 봉사에 헌신하는 삶이 사람들에게 무엇을 가져다주는지 깨달았다.

"내 삶의 가장 훌륭한 역할 모델은 바로 아버지였습니다. 아버진 정말 믿기지 않을 만큼 훌륭한 사람이었어요. 사업체를 성공적으로 운영했고, 1960년대 초에 벌써 한참 후에나 보편화된 사원주주제를 실시했어요. 마땅히 해야 할 일이라고 믿었기 때문이지요. 또한 돈보다는 인종 차별 문제에 관심을 쏟았어요.

많은 사람들이 다니는 장소에서 아무나 붙들고 물어보세요. 그러면 사람들은 아마 제 아버지가 댈러스에서 가장 믿을 만한 사람들 가운데 한 명이었다고 대답할 겁니다. 아버진 열심히 일하고, 그 열매를 다 같이 나누었어요. 하지만 그가 남긴 가장 큰 선물은 그의 그런 훌륭한 모습 자체였습니다. 저는 아버지를 존경했고 다른 사람들이 얼마나 그를 존경하는지도 보았어요. 그것은 저의 성공관에 큰 영향을 미쳤습니다."

잭은 수십 년 동안 미국에서 가장 인정받는 민영기업들 가운데 하나를 운영했으며, 여러 단체의 임원으로 활동하고, 이제는 대규모 교육센터의 이사장까지 맡고 있다. 그의 삶에 가장 큰 의미를 부여해주는 것이 무엇이냐고 묻자, 그는 이렇게 대답했다.

"글쎄요, 첫째는 제 아이들과 회사를 잘 운영하는 것입니다. 자식이 있다면, 자식에게 더 나은 세상을 남기는 것이 인간으로서 마땅히 감당해야 할 의무라고 생각합니다. 다음 세대들에게 지금보다 더 좋아진 세상을 물려주어야 해요. 하지만 나는 우리 사업체와 우리 사업체가 사람들의 삶에 미친 영향도 대단히 자랑스럽게 생각합니다. 나는 무엇이든 세상을 더 낫게 하는 일을 좋아하는 것 같아요."

진정한 행복을 찾은 인생 선배들의 말에 귀 기울일수록, 받기보다 베푸는 삶이 언제나 행복하다는 점을 더욱 깊이 깨닫게 되었다. 마더 테레사나 간디만큼 이타적이지는 않을지라도, 이들은 베풀수록 더 큰 행복을 얻을 수 있다는 것을 분명하게 깨닫고 있었다.

노배우 앤터니의 특별한 저녁식사

빅터 프랭클은 유대인 심리치료사로 1942년부터 1945년까지 나치의 포로수용소에 수감되어 있었다. 그는 후에 이때의 경험을 『삶의 의미를 찾아서』라는 책으로 담아냈다. 이 책의 중요한 한 부분에서는 자살의 문제를 다루고 있다.

프랭클의 기록에 따르면, 수용소에 있던 대부분의 수감자들이 자살의 유혹을 느꼈다. 거의 모든 수감자들이 심한 폭력을 당하고, 자유와 직업, 집, 가족, 인간으로서의 존엄성을 강탈당했다는 점을 감안하면 그리 놀랄 일도 아니다. 프랭클은 이런 상황에서 중요한 점을 하나 발견했다. 세상으로부터 무언가를 얻게 될 것이라거나 미래에 행복이 기다리고 있다는 등의 말로는 자살 충동을 막을 수 없었다. 하지만 세상이 그에게 무언가를 기대하고 있다거나 살아서 무언가 좋은 일을 할 수 있다는 점을 일깨워주면, 자살을 꿈꾸던 수감자들이 거의 언제나 삶을 선택했다. 이런 현상을 목격하고 프랭클은 "세상이 자신에게 무언가를 기대하고 있다는 것을 아는 사람은 결코 자신의 삶을 내던지지 않을 것이다"라고 결론지었다.

행복과 인생의 의미에 이르는 한 가지 비밀은 받기보다 베푸는 데 있다. 받는 것에 대해서는 스스로 어떤 영향력도 행사할 수 없지만 베푸는 일만은 얼마든지 우리 마음대로 할 수 있기 때문이다. 우리는 친절을 선택할 수 있고, 사랑을, 섬김을, 관대함을 선택할 수도 있다. 또 어떤 식으로든 세상을 더 좋게 하는 데 기여할 수도 있다.

여든다섯 살의 앤터니는 평생을 배우로 살았다. 영화에도 출연하고 여러 대륙에서 연극 무대에 서기도 했다. 지금도 그는 연기와 연출 일을 계속하고 있다. 그를 만난 순간, 나는 그가 다섯 가지 비밀들을 실천에 옮기며 살았다는 점을 느낄 수 있었다. 그는 자신이 사랑하는 일을 찾았으며, 가슴의 목소리에 따라 살았다. 또 사랑에 마음을 열어놓고, 사람들에게 사랑을 베풀었다. 게다가 그는 사람들의 갈채와 찬사를 즐겼지만, 정말로 중요한 것은 그가 사람들에게 미친 영향을 확인하는 것이었다고 했다.

"젊었을 때는 맡은 역할을 해내는 데만 온통 관심이 쏠려 있었어요. 그러다 나이 들면서는 돈을 받고 커피 한 잔에 취한 척하는 데서는 진정한 기쁨을 찾을 수 없다는 걸 알았습니다. 내가 정말로 원하는 건 내 일의 가치를 확인하는 것이었어요. 최근에는 〈모리와 함께한 화요일〉에서 모리 역을 연기했어요. 평도 아주 좋았죠. 하지만 나를 가장 기쁘게 한 건 공연을 본 어느 젊은 남자의 편지였습니다. 그는 한국에서 온 가족과 함께 공연을 보았대요. 공연을 본 건 그게 평생 처음이었답니다. 그는 내 연기에 인생관이 바뀌고 정말로 중요한 것이 무엇인지에 대한 시각도 달라졌다고 했어요. 내게는 그 편지가 그 어떤 갈채보다도 더 의미 있었습니다."

이 노배우는 또 우리의 삶이 타인에게 얼마나 큰 영향을 미쳤는지 몇 해가 지나도 모를 수 있다는 점도 일깨워주었다. 앤터니는 그가 가르쳤던 학생과의 놀라운 일화를 들려주었다.

"젊은 시절 영국에서 연기를 가르친 적이 있어요. 가르치는 일보다는 연기를 언제나 더 좋아했지만요. 하지만 가르치는 동안에는 학생들에게 정말로 중요한 영향을 미쳤다고 생각해요. 아마 학생들에게 내 연기 방식을 주입하지 않고, 그들만의 방식을 찾게 도와주었기 때문일 겁니다."

캐나다로 이주하고 거의 사십 년이 지난 후, 그는 아내와 함께 업무차 영국을 방문했다. 그런데 그의 제자였던 사람이 연락을 취해왔다. 그 남자는 그와 부인이 런던에 머무는 동안 저녁식사를 대접하고 싶다며 만날 장소까지 일러주었다. 그런데 약속 장소에 도착해보니, 비싸도 너무 비싸서 미식가들이나 찾을 법한 최고급 식당이었다.

그들은 맛있게 식사를 하면서 화기애애하게 대화를 나누었다. 계산서가 나왔을 때, 앤터니는 비용이 만만치 않을 것 같아서 제자에게 밥값을 같이 내자고 했다. 그러자 오십이 다 된 그 사십 년 전의 제자가 얼른 계산서를 집어 들고 이렇게 말했다.

"아닙니다. 제가 꼭 대접하고 싶습니다. 모르셨어요? 제 삶의 모든 것은 전부 선생님 덕분이에요! 선생님의 가르침이 제 삶을 바꾸어놓았거든요. 연기에 대한 열정에 불을 지펴주

시고, 전문가가 된다는 것이 무엇을 의미하는지 가르쳐주셨지요. 제가 성공할 수 있었던 건 다 선생님의 가르침 덕분입니다."

앤터니는 물론 제자에 대해서 좋은 기억을 갖고 있었다. 하지만 제자의 인생에 도대체 어떤 영향을 미쳤는지는 전혀 몰랐다.

"내가 사람들의 인생에 어떤 영향을 미쳤는지는 결코 다 알 수 없다는 걸 그때 깨달았어요. 여러 해가 지나도 모르는 경우가 허다하죠. 때로는 영원히 모르고 넘어가기도 하고요. 내가 그의 삶에 그런 영향을 미쳤다는 사실을 알고, 실은 나도 큰 영향을 받았습니다."

이것은 물론 앤터니뿐만 아니라 우리 모두에게 적용되는 이야기다. 살아생전 우리가 타인들에게 미친 영향을 우리는 아주 조금밖에 알지 못한다. 인터뷰에서 들은 장례식 이야기만 해도 그렇다. 사랑하던 사람의 장례식에 가보니, 낯선 이들이 불쑥 찾아와서 망자가 그들의 삶에 미친 영향을 이야기하는 경우가 아주 많았다. 스스로 인식하지 못하고 있을 뿐, 우리는 타인들의 삶에 많은 영향을 미치며 살아가고 있다.

우리 대부분에게는 자신보다 더 큰 무언가와 연결되고픈 갈망이 있다. 우리를 더 큰 무언가와 이어주는 것은 바로 베풂이다. 이와 관련해서, 일흔한 살의 물리학자 조지는 이런 생각을 들려주었다.

"물리학을 공부할수록 삼라만상이 아주 밀접하게 연결되어 있다는 믿음이 강해집니다. 완벽하게 설명할 수는 없지만 우주에는 분명 이런 연결성이 있어요. 자신이 아무것도 가져갈 수는 없지만, 무언가를 남길 수는 있다는 걸 곧 깨닫게 될 겁니다."

삶의 큰 과업, 자신을 내려놓기

우리는 삶의 의미와 행복을 발견한 인생 선배들에게 '종교'나 '영성'이 어떤 역할을 했는지 물었다. 지혜와 행복을 찾았다는 사람들은 보통 사람들보다 더 종교적일까? 이들은 공통적으로 일반적인 의미의 종교가 아닌, 더욱 큰 어떤 것과 연결되어 있었다. 그것은 신에 대한 믿음이기도 하고, 그들이 존재하기 이전부터 계속되었고 이후에도 지속될 인류의 여정에 동참하고 있다는 믿음이기도 했다. 그런가 하면 인간으로서 모두가 위대한 신비에 연결되어 있다는 강렬한 느낌일 수도 있었다. 어떤 경우든, 이런 연결의 중심에는 섬김과 베풂의 중요성에 대한 인식이 있었다.

일흔 살의 딕은 자신이 신과 깊이 연결되어 있음을 십대에 깨달았다.

"나는 신에게 내 삶 속으로 들어와 달라고 간청했습니다. 그런데 내 삶을 가장 크게 변화시킨 것은 바로 황금률이었어요, 타인들에게 친절한 사람이 되라는 그 간단한 규칙이요. 나는 일은 물론 사생활에서도 이 규칙에 따라 살려고 노력했습니다. 여러 해 동안 이런 태도 덕분에 신기한 일을 경험하기도 했어요.

사업차 뉴올리언스에 들렀을 때입니다. 친구와 함께 밤에 프랑스인 거리를 걷고 있는데, 회색 수염을 기른 노숙자가 어두운 곳에서 불쑥 튀어나와 내게 먹을 것을 달라는 거예요. 그래서 프랑스인 거리에 있는 식당에 그를 데리고 들어갔지요. 같이 있던 친구가 깜짝 놀라더군요. 그 노숙자에게 먹고 싶은 만큼 마음껏 먹으라고 했습니다. 헤어질 때가 되자 그는 내게 너무 친절하게 대해주어서 고맙다며 이 사랑의 카드를 주었어요. 나는 타인들에게 친절을 베풀라는 그 간단한 규칙을 실천한 순간들을 언제나 일기에 기록하고 있습니다. 내게는 이 일이 가장 큰 행복이지요."

여든네 살의 도널드는 자선을 선한 삶의 기본으로 여기는 가정에서 자라났다.

"섬김은 기독교적인 개념에 가깝죠. 유대인들에게는 자선이라는 개념이 있습니다. 내가 어렸을 때 부모님은 창가에 여러 개의 상자를 놓아두었어요. 그리고 아버지는 매일 밤 집에 돌아오자마자 이 상자들 속에 일일이 동전을 집어넣었 지요. 이 상자들은 각기 다른 자선 행위를 위한 것이었어요. 부모님은 이 상자들이 각기 무엇을 위한 것인지 분명하게 알 려주곤 했습니다. 우리가 도와주는 사람들이 무엇을 필요로 하는지 가르쳐주기 위해서였죠."

황금률이 딕의 인생을 인도해준 것처럼, 가난한 이들에게 마땅히 자선을 베풀어야 한다는 유대인들의 체다카Tzedakah(자선, 베풂) 개념은 도널드의 삶에 결정적인 영향을 미쳤다.

물론 종교적 신념이 강한 사람들만 봉사를 통해 더욱 큰 존재와 연결되는 느낌을 받는 것은 아니다. 스스로 무신론 자나 불가지론자라고 분명하게 밝힌 이들도 더욱 큰 무언가 와 연결되는 것이 행복의 열쇠라고 이야기했다. 앞에서 이야 기한 것처럼, 봅은 불과 열 살에 생물학자가 되겠다고 어머 니에게 선언하고, 실제로 생물학자를 천직으로 삼았다. 그의 삶의 중심에는 언제나 야생에 대한 사랑이 있었으며, 그는 자연과 깊은 교감을 나누었다.

"생물학자가 되면서 자연이 파괴되는 것을 볼 때마다 매 번 상실감에 부딪혔습니다."

그는 이렇게 말했다. 하지만 자신이 상황을 개선시켰다는 느낌이 들 때마다 그의 목적의식은 더욱 강해졌다.

"지도를 펼치면 나보다 오래 살아남을 녹지들이 보입니다. 나는 나보다 오래 남아 있을 몇몇 강력한 단체들을 설립하는 데도 참여했어요. 어떤 이들에게는 자식이 유산이겠지만, 나한테는 일이 유산입니다."

우리는 인간에게 두 가지 중요한 책무가 있다는 결론에 이르렀다. 자신을 발견하는 것과 자신을 내려놓는 것. 자신을 발견하려면, 자신의 운명을 깨닫고 자신에게 진실해야 한다. 하지만 자신을 발견하는 것으로는 충분치 않다. 자신을 버릴 줄도, 내려놓을 줄도 알아야 한다. 자기를 잊는다는 것은 자신보다 더 큰 어떤 것, 우리 이전에도 존재했고 이후에도 존재할 어떤 것과 연결되어 있음을 깨닫는 것과 관련되어 있다. 영적 전통들에서는 이런 깨달음을 다양한 용어로 표현한다. 하지만 공통적인 가르침은 중요한 의미를 지닌 실체로서의 자기를 잊어버리라는 것이다. 우리가 저마다 중요한 이유는 더욱 큰 실체의 한 부분이기 때문이다. 어떤 이들은 이 실체를 신으로, 어떤 이들은 인류의 여정으로 생각한다. 그런가 하면 자연 전체를 이 실체로 보는 이들도 있다.

자신을 발견한 뒤 자신을 놓아버려야만 행복을 얻을 수 있다. 자신을 놓아버리는 최선의 길은 타인에게 베풀고 세상을 우리가 처음 발견했을 때보다 더 좋은 곳으로 만드는 일에 헌신하는 것이다. 이런 행위는 우리를 과거는 물론이고 미래와 연결시키며, 이렇게 삶의 고리에 연결될 때 비로소 우리의 삶도 의미를 갖게 된다.

예순네 살의 빌은 이런 말을 했다.

"내게 삶의 의미와 목적을 준 것은 두 명의 자식들과 네 명의 손자들이었습니다. 이들 덕분에 나는 유한한 몸을 넘어선 삶의 의미를 알게 되었습니다. 아이들은 이제 다른 사람들을 돌보는 일에 헌신하는 선량한 사람으로 성장했습니다. 그리고 내게 이런 가치들을 심어준 사람은 여든다섯 살 된 어머니였습니다. 여러 세대를 아우르는 사랑의 고리, 그 흐름의 일부가 되면 커다란 의미를 발견할 수 있습니다."

가장 기억에 남는 이야기들 가운데 하나는 예순세 살 된 하비의 이야기다. 사업가였던 그는 오십대에 배우의 길로 들어서 오십 편이 넘는 영화에 출연했다.

"내 삶에서 가장 중요한 날은 내가 기억할 수도 없는 날입니다. 생일이 바로 그날이거든요. 나는 운 좋게도 훌륭한 부모 밑에서 태어났습니다. 이보다 더 큰 행운은 없을 거예요. 하지만 내 삶에 가장 큰 영향을 미친 것은 부모님이 내게 해준 말이 아니라 그들이 삶을 살아가는 방식이었습니다.

어머니는 말할 수 없이 이타적인 분이었고, 아버지도 자비심이 넘치셨어요. 아버지는 언제나 우리에게 베풂의 가치를 가르쳤습니다. 몬트리올에서 있었던 아버지의 장례식이 지금도 생생하게 기억나요. 조문객이 천 명이나 되었는데, 아버지가 그렇게 많은 사람들을 알고 지냈는지는 정말 꿈에도 몰랐습니다. 많은 사람들이 내게 다가와서 아버지가 그들의 삶에 얼마나 큰 영향을 미쳤는지 침이 마르도록 이야기했어요."

이들 가운데 한 남자는 하비도 전혀 모르던 사실을 이야기해주었다.

"내가 자라나던 당시에는 많은 유대인들이 동유럽과 독일에서 캐나다로 이주를 했습니다. 그리고 이 새로운 이민자들에게 무이자로 돈을 빌려주는 '유대인무이자대출협회'라는 단체가 있었어요. 한 남자는 장례식장에서 내게 다가오더니, 이 협회의 초창기에 아버지가 거의 모든 단독대출에 연대보증을 서주었다고 말했어요."

하비의 아버지는 살아생전 단 한 번도 이런 사실을 이야기한 적이 없었다. 하비는 그의 어머니와 아버지를 통해서, 자비는 타인들의 삶은 물론이고 자비를 베푸는 당사자의 삶에도 엄청난 복을 가져다준다는 사실을 분명하게 배웠다.

삶의 종착지에 서 있는 사람들에게 많은 이야기를 듣다보니, 인간 개개인이 우리가 생각하는 것보다 훨씬 큰 생명의 고리에서 한 부분을 차지하고 있다는 생각이 들었다. 세상에 발을 내디딜 때 우리는 자신이 혼자이며 무엇보다도 자신의 삶이 중요하다고 생각한다. 이런 식으로 세상 속에서 자신의 존재를 확인하지만, 어느 시기가 되면 자신이 훨씬 큰 이야기의 한 부분임을 깨닫는다. 자신과 자신의 사사로운 관심사에 덜 집중하고 훨씬 포괄적이고 웅대한 어떤 것의 일부가 될 때 더 행복해진다. 대부분의 영적 전통에서도 이런 역설을 강조한다. 에고를 버려야만, 자기에 대한 집중에서 벗어나야만, 진정한 행복을 발견할 수 있다고 가르친다.

어른들과의 대화는 피해갈 수 없는 늙음에 대해서도 많은 가르침을 주었다. 그 가운데 하나는 자신을 많이 내려놓는 사람이 행복하게 나이 들 수 있다는 것이었다. 자신과 인간 삶의 하찮은 문제에만 관심을 기울이는 노인의 모습보다 더 실망스러운 것은 없었다. 더없이 행복한 사람들은 충만한 삶을 살고 자신에게 가장 중요한 것이 무엇인지를 아는 사람들, 자신이 후손들에게 물려줄 것에 초점을 맞추는 사람들이었다.

우리는 잠시 '빌린' 세계에서 살고 있다. 각각의 세대는 이전의 세대에게 '빌린' 세계를 아직 오지 않은 세대를 위해 잠시 보존하고 있는 것이다. 요컨대 각각의 세대는 세계라는 위대한 선물을 지키는 청지기와 같다. 인터뷰를 하면서 행복은 미래에 대한 강한 책임감과 베풂에서 온다는 것을 다시

한 번 확인할 수 있었다.

육십대인 랄프는 캐나다 서부의 밴쿠버섬에 사는 호주 원주민 부족의 추장이다. 그는 세습 추장이 아니라 당당히 선거를 통해 선출된 추장이다. 가문이 아닌 사람 됨됨이 덕분에 추장으로 추대된 것이다. 그가 십대에 경험한 아름다운 이야기를 들려주었다.

"태평양 연안에 살았는데, 우리가 사는 곳으로 해마다 연어 떼가 몸을 풀러 왔어요. 그러면 우리는 때 맞춰 보트를 타고 나가 연어를 잡아들여 겨울 식량으로 썼지요. 나와 형제들이 모두 십대이던 어느 해였어요. 우리는 아침 일찍 아버지와 보트를 타고 나갔어요. 연어들이 어찌나 많은지, 보트는 몇 시간도 안 돼 연어로 가득 찼습니다. 집으로 돌아갈 수밖에 없었지요. 신이 난 우리 삼 형제는 연어를 서둘러 보트에서 내렸습니다. 얼른 다시 바다로 나가서 더 많은 연어들을 잡을 생각이었지요.

그런데 아버지에게 다시 출항할 준비가 되었다고 하자, '아니다. 이제 됐어' 하시는 거예요. 우리는 왜 그러시냐고 물었죠. 아직 잡을 수 있는 연어들이 많았으니까요. 그러자 아버지가 이렇게 대답하셨어요. '아니다. 이미 충분히 잡았어. 다른 사람들 몫도 남겨두어야지.' 결국 우리는 이후 이틀 동안 다른 부족민들도 연어를 충분히 잡을 수 있게 그물 수선

하는 일을 도와주었습니다. 이 일이 지금도 생생해요."

어린 십대 소년들의 행동은 젊은 시절 우리가 무엇을 진실이라 믿는지 단적으로 보여준다. 젊을 때는 우리도 가능한 많은 물고기를 잡으려 한다. 우리가 가진 경험이나 소유물의 양으로 행복을 가늠하기 때문이다. 나중에야 사랑과 섬김, 더 큰 목적과의 연결이 영혼의 진정한 양식임을 깨닫는다.

랄프의 아버지는 우리가 잠시 빌린 세상에 살고 있음을 잘 알고 있었다. 먹을 것을 넉넉하게 마련하는 것은 중요한 일이다. 하지만 딱 필요한 만큼만 취하는 것도 그 못지않게 중요하다. 물고기는 그의 가족이나 부족만의 것이 아니기 때문이다. 랄프의 아버지는 아들들에게 가르쳐야 할 가장 중요한 교훈이 물고기를 잡는 기술이 아니라 베풂과 나눔의 미덕이라는 것을, 이것이야말로 인간이 누릴 수 있는 최고의 기쁨이라는 것을 잘 알고 있었다.

이 이야기를 듣고 일주일 후, 세계 수산업 종사자의 팔십 퍼센트 이상이 파산 위기에 몰려 있다는 보도를 읽었다. 미래 세대를 배려하지 않고 물고기를 마구 잡아올린 결과다. 얼음 호수에서 가까스로 목숨을 건진 또 다른 원주민 어른 '서 있는 흰 소'는 이렇게 말했다.

"우리 전통에서는 나선형의 생명 사슬을 믿어요. 인간은 이 나선형에서 맨 꼭대기에 있죠. 하지만 이건 인간이 가장 위대하다는 의미가 아닙니다. 인간이 가장 취약한 존재라는 의미일 뿐이죠. 인간이 다른 모든 생명체에 의존하고 있다는 말이니까요. 결국 인간은 다른 생명체들보다 더 중요한 존재가 아닙니다."

개인의 행복감은 자신의 삶이 더욱 큰 가치에 도움이 된다는 것을 확인할 때 증대된다. 사회도 이 다섯 번째 비밀을 따라야 한다. 한 차원 높은 목적이 아닌 물질의 축적이나 안위에만 초점을 맞추면, 사회도 사람처럼 그 생명력을 잃고 만다. 반면에 하나의 집단으로서 전체의 핵심적인 목적에 집중하면, 다시 말해 다음 세대에게 더 나은 세계를 물려주는 일에 초점을 맞추면, 사회 구성원들 모두 삶에서 더욱 깊은 의미를 발견할 것이다.

세상을 위해 울어라

예순여덟 살의 수잔은 이런 말을 했다.
"나이 들면서 더 이상 나 자신을 위해 울지 않고 세상을 위해 울게 되었어요. 나이를 먹는다는 건 나는 사라져도 이야기는 나를 넘어서 계속 이어지리라는 사실을 깨닫는 것이기도 해요."

이 말을 듣는 순간, 행복한 이들은 세상을 위해 울 줄 알지만, 불행한 이들은 여전히 자신만을 위해 운다는 생각이 들었다.

수잔은 말했다.

"중요한 것은 서로를 대하는 태도예요. 서로 관계를 맺는 방식과 환경도 중요하죠. 미래에 우리가 어떤 영향을 미칠지 생각해봐야 합니다."

행복은 사실 추구한다고 얻어지는 것이 아니다. 더욱 심오한 어떤 것의 부산물로 주어지는 것이다. 예순네 살의 주아나는 이렇게 말했다.

"불행하다고 느껴지면, 다른 누군가를 위해서 바쁘게 뭐든 해보세요. 자신에게 집중하면 불행할 수밖에 없지만, 타인들을 돕는 일에 집중하면 행복을 발견할 겁니다. 행복은 섬김과 사랑에서 오는 것이니까요."

맏딸 레나가 고등학생이었을 때였다. 레나는 '유명해지는 것'이 자기 삶의 목표라고 했다. 호기심에 그 이유를 묻자 레나가 말했다.

"이유는 중요하지 않아요. 전 그냥 사람들에게 제 이름을 알리고 싶어요."

레나만 이런 것이 아니다. 최근의 연구 결과, 고등학생 중

삼 분의 일이나 되는 숫자가 유명해지는 것을 목표로 삼고 있었다. 세상은 이미 리얼리티 쇼와 앤디 워홀이 말한 '십오 분간의 덧없는 유명세'에 중독되어 있다. 이로 인해 유명해지는 것이 삶의 의미를 발견하는 것을 대체해버린 것이다. 당시 나는 레나에게 세상에 도움도 안 주고 유명해지는 것은 아무 의미가 없고, 유명해지지 않아도 세상에 도움이 되는 게 오히려 더 보람 있는 일이라고 말했다. 레나는 다른 대부분의 십대들처럼 이런 나의 조언에 알 수 없다는 표정만 지어 보였다.

인터뷰를 하면서 나는 레나에게 해주었던 조언이 가치 있었다는 것을 그 어느 때보다도 확신하게 되었다. 행복한 사람들은 그들의 삶이 의미 있었다고, 그들이 세상에 도움이 되었다고 느끼고 있었다. 반면에 불행한 사람들은 오로지 자신에게만, 행복을 발견하고 사랑을 얻으며 물질과 지위, 명예를 쌓는 데만 초점을 맞추었다.

살아온 날들이 앞으로 살아갈 날들보다 많은 이들과의 대화는 우리가 잠시 빌린 세상에서 살고 있다는 오래된 진리를 새로운 눈으로 바라보게 해주었다. 행복한 이들은 자신들이 세상을 좀 더 나은 곳으로 만드는 데 작게나마 기여했다고 느끼고 있었다. 자식들을 세상에 도움이 되는 사람으로 키워내거나 어떤 사회적 과제를 조금이나마 진전시키거나 주변 사람들에게 좋은 영향을 미치는 식으로 말이다.

그런데 정말로 우리 각자에게 세상을 변화시킬 힘이 있는 걸까? 물리학을 통해 배울 수 있는 것들 가운데 하나는 삼라만상이 우리가 상상하는 것보다 훨씬 밀접하게 연결되어 있다는 사실이다. 원자 입자들은 상호작용하면서 서로의 움직임에 영향을 미친다. 이런 현상은 인간들 사이에서도 똑같이 일어난다. 우리 개개인은 세계와의 상호작용을 통해 세계의 움직임을 변화시킨다. 그리고 이런 작은 변화들이 결합되어 미래를 형성한다.

로버트 케네디도 언젠가 이런 말을 했다.

"역사를 만들어내는 위대한 사람은 소수에 불과합니다. 하지만 우리 개개인이 협력하면 역사의 작은 부분을 변화시킬 수 있으며, 이런 행위들의 총화 속에서 한 세대의 역사가 쓰여집니다. (……) 인류의 역사를 만들어가는 것은 용기와 신념에서 비롯된 수없이 다양한 행위들입니다. 한 명의 인간이 어떤 이상을 굽히지 않거나, 다른 많은 사람들을 개선시키기 위해 행동하거나, 불의에 저항할 때마다 작은 희망의 물결이 일어납니다. 이 물결은 에너지와 용기의 다른 수많은 중심들과 어울려 억압과 저항의 강력한 벽을 무너뜨리는 흐름을 만들어냅니다."

은하수를 처음으로 보았던 순간이 생생하게 기억난다. 대도시에서 자라난 탓에 밤에 볼 수 있는 별은 고작 몇 개에 불과했다. 대학에 들어가 버뮤다 제도로 학습 여행을 떠났을 때였다. 당시 그곳의 변두리 섬에는 전깃불이 거의 없었다. 어느 자정 무렵, 나는 언덕 꼭대기로 올라가 풀밭 위에 누워 어두운 밤하늘을 올려다보았다. 그때 귓전에서 춤을 추는 청개구리들의 노랫소리와 함께 은하수를 처음으로 보았다.

저기 내 위로, 별들이 너무 촘촘히 박혀 있어서 마치 창조주가 우유를 쏟아놓은 것처럼 보이는 하늘이 있었다. 그 광경은 더없이 인상적이었다. 우리가 속한 태양계가 실제로는 은하수라 불리는 무수한 별들의 무리 안에 있으므로, 은하수가 저 위에만 있는 것은 아니었다. 나는 눈을 들어, 나를 둘러싸고 있는 그 별들을 바라보았다.

그렇게 경탄 어린 눈으로 하늘을 올려다보고 있자니, 천문학 시간에 배운 사실이 하나 생각났다. 밤에 우리 눈에 보이는 대부분의 별들은 더 이상 존재하지 않을 수도 있다는 것이었다. 그 별들이 우리가 사는 지구와 너무 멀리 떨어져 있어서, 그 빛이 우리에게 도착하는 데는 수백만 년의 시간이 걸리기 때문이다. 그러므로 내가 보고 있는 별 중에는 이미 소멸되어버린 것도 있을 것이었다.

당시 열아홉이던 나는 몇몇 사람들의 삶도 이와 같으리라 생각했다. 죽고 한참이 지난 후에까지 세상에 빛을 선사하는

삶을 살다가는 것이다. 나는 그런 삶을 살게 해달라고 기도
했다.

받기보다 주기에 힘쓰면, 우리 자신보다 더욱 큰 이야기와
연결될 수 있다. 행복은 이런 과정에서 저절로 찾아든다.

매주 다음의 질문들을 생각해보면, 다섯 번째 비밀을 삶 속에서 실천하는 데 도움이 될 것이다.

◆ 이번 주 나는 작게나마 세상을 더 좋은 곳으로 만드는 데 기여했는가?

◆ 이번 주 나는 스스로 확인하지 못해도 내가 무언가 영향을 미치고 있다는 사실을 자신에게 일깨워주었는가?

◆ 이번 주 나는 타인들에게 친절하고 관대하며 잘 베풀었나? 어떻게 해야 내일 혹은 다음 주에 더욱 그런 사람이 될 수 있을까?

◆ 이번 주 나는 세상을 더 좋은 곳으로 만드는 데 초점을 맞추는 '큰 자기' 대신 물질이나 지위, 권력의 추구에만 신경 쓰는 '작은 자기'의 요구에만 관심을 두지는 않았나?

◆ 다음 주에 어떻게 하면 이 다섯 번째 비밀을 더욱 확실하게 실천하며 살 수 있을까?

비밀을 실천하는 방법

8

인식은 자연적인 학습 과정의 첫 단계이다. 이는 우리가 우리의 의식 속에 들어 있는 것들을 향해 움직인다는 말이다. 이 사실은 삶의 변화를 이뤄내는 데 아주 중요하다. 요컨대 어떤 대상에 주목하면 그것이 되거나 혹은 그렇게 될 수 있다. 그러므로 무언가를 의식 속에 강하게 품고 있을수록, 그것을 향해 나아갈 가능성은 커진다.

상식의 문제는
그것이 상식적이지 않다는 데 있다.

─ 마크 트웨인 ─

지혜가 다음에 할 일을 아는 것이라면,
미덕은 그 일을 하는 것이다.

─ 데이비드 스타 조단 ─

일흔한 살의 론과 이야기를 하는 동안 내 인터뷰는 전환점에 이르렀다. 론은 다른 사람들의 반대를 물리치고 자기 가슴의 소리에 따라 척추교정 전문의가 된 사람이다. 내가 인터뷰했던 대부분의 사람들처럼, 론도 침착하며 중심이 잘 잡혀 있었다. 이런 모습은 그가 살아온 이야기와 잘 맞아떨어졌다. 그는 비밀을 아는 것만으로는 충분하지 않다는 점을 분명하게 일깨워주었다.

론은 그의 행복이 가슴의 소리에 따른 결과라고 했다. 여러 번의 중요한 갈림길에서 그의 가슴은 그에게 변화가 필요하다는 것을 일러주었고, 그럴 때마다 그는 이 소리에 귀를 기울였다. 물론 가슴의 목소리에 따르는 데는 언제나 용기가 필요했다. 또 다른 사람들의 목소리를 무시할 수 있는 자발적인 의지도 있어야 했다. 하지만 가장 중요한 것은 역시 그가 진실이라 여기는 것에 따라 행동하겠다는 마음이었다.

"자신이 진정 가슴의 목소리에 따르고 있는지 어떤지 어떻게 알 수 있죠?"

내 물음에 그는 이렇게 대답했다.

"그건 그냥 아는 겁니다. 설명하기 어렵지만, 내게 할 일을 알려주는 이 목소리를 바로 알아들을 수 있어요. 아마 다른 대부분의 사람들도 그럴 겁니다. 자신이 무엇을 원하는지는 자신이 잘 아니까요. 하지만 그 목소리를 듣는 데는 훈련이 필요합니다. 그리고 용기도 있어야 하죠. 내가 깨달은 건 충분히 안 다음에는 앞으로 나아가야 한다는 점입니다. 그냥 알기만 하는 것으로는 충분치 않아요."

그의 말은 아주 간단하지만 중요한 가르침을 주었다. 대부분의 사람들에게 가장 큰 장애는 아는 것이 아니라 나아가는 것이다. 사실 우리 대부분은 이미 행복과 의미를 찾는 비밀을 알고 있다. 단지 그것에 따라 살지 못할 뿐이다. 아는 것은 첫걸음에 불과하다.

관상동맥질환자들의
선택

해야 한다는 건 아는데 실천을 못한 일들을 전부 떠올려보라. 우리는 담배가 몸을 망친다는 것을 잘 안다. 운동 부족과 나쁜 식습관, 스트레스가 우리를 죽일 수 있다는 것도 안다. 관계가 중요한 동시에 깨지기 쉽다는 것을 알면서도 종종 이런 사실을 무시한다. 돈으로 행복을 사지 못한다는 것도, 인생이 짧다는 것도, 부정적인 생각들이 행복을 파괴한다는 것도 안다. 우리는 많은 것들을 아주 잘 알고 있다. 하지만 아는 것만으로는 충분하지 않다.

관상동맥질환자들을 대상으로 한 연구 결과를 살펴보자. 목숨을 건지기 위해 수술을 받은 환자들, 다시 말해 죽음의 문턱까지 갔다온 환자들에게 변하든지 아니면 죽든지 선택을 하라고 했다. 여러분은 아마 대부분의 환자들이 변화를 택했을 것이라고 생각할 것이다. 안 그러면 죽을 테니까 말이다. 하지만 연구 결과, 70퍼센트가 넘는 사람들이 변화에 실패했다. 이 결과는 행복의 비밀 못지않게 이 비밀을 실천하는 방법을 아는 것도 중요하다는 사실을 말해준다.

나는 이 책에서 소개한 다섯 가지 비밀이 행복하고 의미 있는 삶의 필수 요소라고 확신한다. 또 이 책을 읽지 않아도 대부분의 사람들이 이 비밀들을 전부 혹은 부분적으로 알고 있으리라는 것도 확신한다. 우리의 가슴이 평생 우리에게 이 비밀들을 말해주었을 것이기 때문이다. 그러나 우리는 이 비밀들을 삶 속에서 실천하지 못하고 있다. 다 알면서 앞으로 나아가지 못하고 있는 것이다. 그렇다면 어떻게 해야 이 비밀들을 실천할 수 있을까? 인터뷰들은 이 문제에 대한 해답도 제공해주었다.

삶 속에서
변화를 이뤄내는 법

일상 속에서 변화를 이뤄내는 방법을 터득하려면, 인간의 성장을 가능케 하는 자연적인 학습 과정을 살펴볼 필요가 있다. 자연적인 학습 과정을 통해 우리는 언어 구사력이나 오토바이를 타는 법 등등 일상에 필요한 거의 모든 기술을 익힌다.

언어 습득은 자연적인 학습의 좋은 예다. 학교를 다니던 여러 해 동안 내가 공부한 언어는 라틴어에서부터 그리스어, 히브리어, 프랑스어, 스페인어, 이탈리아어까지 못해도 6개 국어는 된다. 하지만 여러 개의 문장을 완벽하게 쓰거나 말할 수 있는 언어는 영어뿐이다. 많은 언어학자들이 배우기 어려운 언어라고 하는 영어는 몇 살밖에 안 돼서 완전히 통달해버린 것이다. 그런데 왜 제2외국어는 열심히 공부하고도 완전하게 습득하지 못한 걸까?

그 이유의 하나는 인간의 학습이 보고 듣고 실험하는 자연적인 과정을 통해 이루어지기 때문이다. 어린 시절의 언어 습득은 공식적인 언어 교육 방식에 의존하지 않는다. 그보다 아이들은 어머니와 아버지가 사물의 명칭을 부르면서 돌아다니는 모습을 본다. 그리고 부모들이 말하는 소리를 듣고, 문장을 만드는 방식에 귀 기울인다. 덕분에 약간만 교정을 해줘도, 아이들은 낱말을 익히고 이 낱말들로 문장을 만들어내는 방식을 터득한다. 보고 따라 하고 실험하는 자연스러운 과정을 통해 언어를 습득하는 것이다.

걷는 것도 마찬가지다. 여러분은 걷기를 어떻게 배웠는가? 맏딸 레나가 혼자서 첫발을 떼던 날을 지금도 기억한다. 어느 날 아내가 목욕탕에서 1.5미터가량 떨어져 서 있던 레나에게 "이리 와봐" 하고 부르자, 레나가 비틀거리며 아내를 향해 걸어갔다. 우리는 환호했고, 레나도 깔깔대며 웃었다. 정식으로 걷기를 배운 적도 없는데, 걷는 법을 터득한 것이다. 도대체 어떻게 된 것일까? 해답은 역시 아주 간단했다. 자연적인 학습 덕분이었다. 레나는 보고 관찰하고, 스스로 걸을 수 있을 때까지 연습을 계속했다.

이 자연적인 학습 과정은 인식과 실험이라는 두 가지의 간단한 단계로도 설명할 수 있다. 먼저 대상을 주목하고, 그다음에 시도를 하는 것이다. 이 두 가지를 하는 과정에서 우리는 숙달될 때까지 스스로 계속 교정을 해나간다.

그럼 이제 어른의 삶에서 다소 복잡한 변화를 이루어내는데 이 과정을 적용시켜보자. 인식이 자연적인 학습 과정의 첫단계라는 의미는, 우리가 우리의 의식 속에 들어 있는 것들을 향해 움직인다는 말이다. 이는 삶의 변화를 이뤄내는 데 아주 중요하다. 요컨대 어떤 대상에 주목하면 그것이 되거나 혹은 그렇게 될 수 있다. 그러므로 무언가를 의식 속에 강하게 품고 있을수록, 그것을 향해 나아갈 가능성은 커진다.

몰입이
변화를 부른다

몇 해 전 삶에서 간단하지만 중요한 변화를 이루어내려는 수백 명의 사람들을 대상으로 연구를 한 적이 있다. 이들이 원하는 변화는 체중 감소에서부터 정기적인 운동, 식습관을 건강하게 개선하는 것, 더 시원시원하고 솔직하게 말하는 것, 삶의 균형을 강화시키는 것 등등 다양했다. 우리는 이 수백 명의 사람들을 불러 모은 다음, 두 그룹으로 나누었다. 그리고 특정한 과정을 통해 이들이 원하는 삶의 변화들을 확인하게 했다(앎의 단계).

그런 다음 두 그룹에 전혀 다른 변화 방법을 제시했다(실천의 단계). 한 그룹에는 스스로 아주 구체적인 목표를 설정하게 했다. 일주일에 세 번 달리기를 한다거나 십 주 동안 건강식만 먹는다는 식으로 말이다. 그리고 이 목표들을 적은 다음, 십이 주 동안 일주일에 한 번씩 이것을 읽으라고 했다.

두 번째 그룹에는 전혀 다른 방법을 제시했다. 그들에게 카드를 나눠주고, 그들이 원하는 변화를 일깨워주는 낱말이나 구절을 적으라고 했다. 몸에 좋은 음식 먹기나 더 활동적으로 살기, 자신의 생각을 당당하고 솔직하게 표현하기, 자신을 위한 시간을 더 많이 갖기 등등의 글을 적는 것이다. 그런 다음 십이 주 동안 어디를 가든 이 카드를 지니고 다니면서, 하루에 열 번에서 스무 번 이 카드를 꺼내 읽으며 자신의 선택을 뒤돌아보라고 했다. 또 자신을 학대하거나 부정적인 자기대화에 빠지지 말고, 그저 하루하루를 살아가면서 자신이 이루고픈 변화에만 집중하라고 했다. 십이 주 후, 두 그룹 모두 진전을 보였다. 하지만 한 그룹에서 월등하게 큰 변화가 나타났다. 바로 카드를 지니고 다녔던 그룹이었다. 의식을 집중하는 간단한 방법을 통해 변화를 이뤄낸 것이다.

이 연구를 분석해서, 어떻게 무언가를 의식 속에 품는 간단한 행위만으로 중요한 변화를 이뤄낼 수 있는지 파헤쳐보는 것도 의미 있는 일일 것이다. 먼저 자연적인 학습 방식이 주의를 집중하고 실험을 하는 두 단계로 이루어져 있다는 사실을 기억해야 한다. 우리는 이 방식으로 유년기의 가장 어려운 과제인 걷기와 모국어 습득을 이루어냈다. 무언가를 의식 속에 간직하는 과정은 이 자연적인 학습 과정을 그대로 반영한다. 무언가를 항상 기억하고 실험함으로써 변화를 이뤄내는 것이다.

그런데 카드를 지니고 다니는 간단한 행동이 목표를 설정하는 방식보다 더 효과적인 이유는 무엇일까? 답은 아주 간단하다. 목표 설정이 우리의 의식을 활성화시킬 수도 있지만, 시도에 부정적인 영향을 미칠 수도 있기 때문이다. 예를 들어보자. 일주일에 세 번 달리기를 하겠다는 목표를 설정한 사람은 이런 생각을 항상 의식 속에 간직하고 이 목표를 실현할 수도 있다. 하지만 첫 주에 몸을 다치는 바람에 다음 주에 달리기를 할 수 없다면 어떻게 될까? 자신이 달리기를 그다지 좋아하지 않는다는 점을 깨달으면 어떻게 될까? 그는 좌절감을 맛보고 변화를 위한 시도 자체를 그만둘 가능성이 크다. 그 결과 낮 동안 더 활동적으로 움직일 수 있는 다른 기회들도 놓쳐버릴 것이다.

이 사람을 그냥 '더 활동적이고 신체적으로 건강한 사람이 되기'라고 적힌 카드를 지니고 다닌 여자와 비교해보자. 이 여자는 매일 열 번에서 스무 번 이 카드를 본 덕에, 건강에 긍정적인 영향을 미치는 결정들을 내릴 것이다. 카드를 읽은 덕에 엘리베이터를 타는 대신 계단을 이용하거나, 점심시간에도 식사 후 의자에 앉아 있지 않고 산책을 할 것이다. 또 그 자리에서 친구에게 전화를 걸어 테니스 시합 약속을 잡을 수도 있다. 의식이 시도를 낳은 것이다. 물론 목표 설정과 의식이 결합되면 더 엄청난 결과가 나타날 것이다.

한 예로 팔 년 전 나는 상당히 충격적인 사실을 깨달았다. 마흔한 살이던 나는 경력도 훌륭하고 가족생활도 원만하며 아는 사람도 수백 명이나 되었다. 그런데 진정한 친구는 단 한 명도 없었다. 일에만 너무 많은 에너지를 쏟아부은 탓에 우정과는 완전히 담을 쌓고 지냈던 것이다. 사십 년을 넘게 살고도 지속적으로 우정을 나누는 친구가 한 명도 없다는 사실은 너무도 끔찍한 것이었다. 무언가 방법을 강구해야만 했다. 하지만 어떻게 한단 말인가?

나는 먼저 카드에 '친구'라고 적은 다음, 이 카드를 언제나 지니고 다녔다. 그리고 매일 열 번에서 스무 번 이 카드를 꺼내 보았다. 처음 몇 주 동안은 좀 우울했다. 하루에도 몇 차

렉씩 이 카드를 꺼내 보면서 내가 그동안 이 부분을 너무 무시하며 살았다는 점을 다시금 직시하게 되었기 때문이다. 나는 나에게 우정이 중요하다는 점에 의식을 집중하려고 노력했다.

카드를 지니고 다닌 지 이 주 정도 되자, 친구를 사귀려면 먼저 '후보 명단'을 작성해야 한다는 생각이 들었다. 그래서 나는 아는 사람들 가운데 친구가 될 가망성이 있는 사람들의 이름을 적어보았다. 총 여섯 명이 나왔다. 그다음 몇 달간 나는 이 사람들에게 전화를 걸고, 함께 점심을 먹거나 커피를 마시고, 때로는 사교적인 친목 모임을 갖기도 했다. 물론 나는 그들에게 "지금 친구를 찾는 중인데 자네도 후보 중 한 명이야"라고 말하지는 않았다. 그냥 매순간 상대에게 최선을 다할 뿐이었다.

이 시기에 내가 했던 한 가지 시도는 카드의 위력을 잘 보여준다. 당시 나는 비영리단체의 이사장직을 맡고 있었는데, 어느 날 밤 회의가 아주 길어졌다. 나는 잘 수 있는 시간이 얼마나 되는지 생각해보고는, 회의가 끝나는 대로 얼른 집으로 가려 했다. 그런데 이사회 일원인 브라이언이 함께 나가서 식사하는 게 어떠냐고 물었다. 나는 당연히 거절하려고 했다. 그런데 그 순간 호주머니 안에서 카드가 만져졌다. 브라이언은 친구 후보 목록에는 포함되어 있지 않았지만 친구로 지내면 괜찮을 사람처럼 보였다. 그 카드 덕분에 나는 노를 예스로 바꾸었고, 우리는 얼마 후 친구가 되었다.

나는 열여덟 달 동안 그 카드를 지니고 다녔고, 그 사이 친구를 여섯 명이나 만들었다. 이중 셋은 처음부터 목록에 들어 있었고, 나머지 셋은 아니었다. 몇 해가 흐른 지금도 나는 관계를 등한시하는 자신을 발견할 때마다, 그 카드를 떠올리며 진정으로 중요한 것을 향해 다시 조심스레 나아간다.

여러 해 동안 이 방법을 전파하면서, 삶의 변화를 가능케 하는 이 '카드의 위력'을 입증하는 이야기를 수도 없이 들었다. 한 예로, 어느 여자는 십대인 의붓아들과의 관계를 개선하는 것이 가장 큰 바람이라고 말했다.

"우리는 언제나 으르렁거려요. 가장 큰 문제는 내가 그애한테 부정적으로 반응하는 거예요."

그래서 그녀는 카드에 이렇게 간단히 적었다.

"그에게 반응하지 말 것."

이후 두 달도 안 돼서 그녀는 의붓아들과의 관계가 몰라보게 좋아졌다고 했다. 부정적인 반응이 나오려는 순간마다 지니고 다니던 카드를 떠올리며 태도를 바꾸었기 때문이다. 덕분에 그녀만의 행복도 되찾을 수 있었다.

한편 어떤 남자는 사랑하는 사람을 포함해서 만나는 모든 이들을 좀 더 친절하게 대하기로 마음먹고 카드를 지니고 다

넀다. 몇 주가 지나자 직장 동료는 물론 가족들도 그가 크게 변했다며 대체 무슨 일이 있었던 거냐고 물었다. 그는 그저 미소만 지어 보이고 계속 카드를 지니고 다녔다. 몇 달도 안 돼서 그는 그 작은 카드 덕에 아내는 물론이고 직장 동료들과의 관계도 현격하게 개선되었다고 편지를 보내왔다.

이쯤 되면 카드에 다섯 가지 비밀을 모두 적어서 지니고 다녀야겠다고 생각하는 사람도 있을 것이다. 물론 나쁜 생각은 아니지만, 권장하고 싶지는 않다. 인간은 여러 가지 일들을 동시에 추진하는 데는 서툰 존재이기 때문이다.

그러므로 먼저 이 책에서 설명한 다섯 가지 비밀들을 되새겨보라. 이 가운데서 지금 당신이 가장 주의를 기울여야 할 것은 무엇인가? 가능하면 이 한 가지 비밀 안에서 특정한 면에 초점을 맞춘다. 예를 들어, 스스로 사랑이 되는 것이 현재 자신에게 가장 중요한 것이라고 하자. 특히 가족과 함께하는 시간을 더 많이 갖는 것이 꼭 필요하다는 느낌이 들었다. 그러면 카드에 '사랑으로 충만한 사람이 되고, 가족을 위한 시간을 더 많이 내기'라고 적는다. 아니면 후회를 남기지 않는 것이 현재 자신에게 가장 중요하다는 생각이 들 수도 있다. 그러면 용기를 내서 새로운 사람들을 더 많이 만나는 것에 초점을 맞춘다. 카드에 '후회가 남지 않게 새로운 사람들을 만난다'라고 적어서 지니고 다니는 것이다.

우리는 삶의 변화를 시도할 때, 새로운 습관이 몸에 붙거나 변화가 분명해지기도 전에 잠깐 노력하다가 그만둬버리는 일이 많다. 이런 경우에는 이 카드를 항상 지니고 다니며 매일 열 번에서 스무 번씩 꺼내 보고, 매순간 자신의 선택에 주의를 기울여보라. 그러면 자신이 의도했던 변화에 가까이 다가갈 수 있을 것이다.

카드에 자신의 바람을 적은 다음 이 카드를 지니고 다니는 방법은 삶의 다른 영역들에도 적용할 수 있다. 한 예로, 내가 아는 어느 커플은 사업을 같이 하고 싶어 했다. 각기 다른 일을 하던 두 사람은 카드에 사업을 같이 하고 싶다는 바람을 적어서 지니고 다녔다. 몇 해 후 이들의 바람은 실현되었다. 의식 속에 무언가를 품고 있으면 자연히 그것을 향해 나아가게 된다. 이 사실을 잊지 말아야 한다.

질문으로 시작하는 변화

나는 내 친구 마셜 골드스미스Marshall Goldsmith에게 앎을 실천으로 옮기는 또 다른 방법을 배웠다. 그는 『일 잘하는 당신이 성공을 못하는 20가지 비밀What Got You Here

Won't Get You There 』의 저자이자 자기계발 분야의 선도적인 지도자 가운데 한 사람이다. 그는 매일 자신에게 열여덟 가지의 질문들을 던진다고 했다. 이 질문들로 그날 자신의 삶이 '정도를 걸었는지' 되돌아보는 것이다. '오늘 나는 화를 내지 않았는가? 오늘 나는 아내에게 따뜻하게 대했는가?'처럼 이 질문들은 아주 구체적이다. 매일 그는 자신을 되돌아보며 정직하게 이 질문들에 답하려고 애쓴다.

카드를 지니고 다니는 것처럼, 질문 목록을 만들어서 매일 혹은 매주 자신에게 이 질문들을 던지는 것도 주의집중과 시도라는 자연적인 학습 과정을 이용하는 좋은 방법이다. 매일 혹은 매주 한 번씩 이 질문들을 던지다보면, 이 문제들에 계속 주의를 기울이게 된다. 그리고 이것들을 되새기다보면, 더욱 이상적인 상태를 향해 삶을 변화시키고 시도해볼 수 있는 방법들도 생각하게 될 것이다.

인터뷰를 하면서 나는 행복과 의미를 발견하는 데 자기 교정과 성찰이 얼마나 중요한지도 깨달았다. 내가 인터뷰했던 인생 선배들은 우리보다 더 지혜롭게 타고난 사람들이 아니었다. 실제로 그들 대부분이 오랜 세월 정기적으로 자신을 뒤돌아보고 행동을 바로잡는 간단한 과정을 통해서 많이 성장하고 배웠다고 말했다. 그들의 현재 모습은 오랜 세월 작은 조정들을 통해 궁극적으로 행복을 창조해낸 결과였던 것이다.

성찰의 시간만 더 많이 가져도 더욱 충만한 삶을 살 수 있다. 이를 실현하는 방법의 하나는 다섯 가지 비밀들에 초점을 맞추어서 일련의 질문들을 만든 다음, 매주 약간의 시간을 내서 자신의 삶을 뒤돌아보는 것이다. 자기만의 질문 목록을 작성하는 것도 방법의 하나다. 이 장의 뒷부분에, 매주 성찰의 시간에 자문해볼 수 있는 스물네 개의 질문들을 수록했다.

예를 들어, 가슴이 시키는 대로 살라는 첫 번째 비밀과 관련해서는 다음과 같은 질문을 던져볼 수 있다. 오늘 혹은 이번 주 나답게 살았는가? 그렇다면 어떤 면에서 나답게 살았다는 느낌이 드는가? 그렇지 않았다면, 무엇이 나의 가장 진정한 자기와 어울리지 않았는가? 이렇게 인식과 시도로 이루어진 자연적인 학습 과정을 응용해서 적용한다.

앞부분에서 우리는 자연적인 학습 과정으로 걷기나 언어같은 가장 기본적인 삶의 기술들을 익히는 것에 대해 알아보았다. 이 자연적인 학습 과정에서는 주의를 기울이고 시도를 하는 과정을 통해 원하는 기술을 습득한다. 카드와 질문 목록은 이 과정에 영향을 미치는 두 가지 도구다. 특히 카드를 보거나 질문을 던질 때마다 현재 자신이 원하는 변화를 이뤄내기 위해 어떤 변화들을 실천해야 하는지 생각해본다면, 이

도구들은 더 효과적일 것이다.

　하지만 자연적인 학습 과정에는 이것 말고도 우리에게 도움이 되는 요소가 하나 더 있다.

함께 하면
변화도 쉬워진다

　　　우리는 걷거나 말하기를 혼자 배우지 않는다. 대부분이 모든 단계에서 지도자의 도움을 받는다. 부모나 형제자매, 친척들이 우리를 뒷받침해주는 것이다. 이들은 우리가 "아바 아바"라고 하면, "응, 아빠라고?" 하는 식으로 우리의 말을 바로잡아준다. 그러면서 용기를 북돋아주기도 한다. 처음 두 발로 섰다가 넘어졌을 때 "이 바보 멍청이!" 하는 식으로 우리를 야단치지는 않는다. 그보다는 "할 수 있어. 다시 해보자. 먼저 탁자를 집고 일어나봐" 하고 격려해준다. 타인들의 이런 지도나 작은 격려가 없었다면, 우리가 걷기나 말하기를 과연 배울 수 있었을까? 하지만 어른이 되고 나면 우리는 흔히 타인들의 격려나 뒷받침 없이 삶의 변화들을 이뤄내려 한다.

　마셜도 날마다 친구가 그에게 전화를 걸어서 열여덟 개의 질문들을 던져준다고 했다. 여러분도 이 책을 읽고 비밀들을 실천에 옮기는 일에 관심이 있는 사람과 협력하면 더 효과적으로 변화를 경험하게 될 것이다. 서로를 점검해주고 격려하며 자기 교정을 위한 아이디어들을 나누는 것이다.

이미 아는 것을 실천에 옮기는 데는 다음과 같은 간단한 방법도 있다. 매주 삼십 분에서 한 시간 동안 자신의 삶을 뒤돌아보는 것이다. 기독교 수도원 전통에는 이런 말이 있다.

"수도원 독방에 홀로 앉아 있으면, 그 방이 우리에게 모든 것을 가르쳐줄 것이다."

시간을 내서 자신을 뒤돌아보면 무엇을 해야 하는지 알 수 있다. 답은 이미 우리 안에 있기 때문이다. 내면의 소리에 귀 기울이는 훈련도 중요하다. 적어도 이 세상에서는 한 번밖에 살 수 없고, 시간도 너무 빠르게 흘러간다. 시간을 내서 내면을 성찰하고 가슴의 소리에 귀 기울이면, 삶이 우리의 의도와 다르게 표류하는 것을 막을 수 있다.

앞에서 나는 고대 그리스어에서 '죄'에 해당하는 단어의 의미가 '과녁을 빗나가다'라는 사실을 이야기했다. 매일 혹은 일주일 단위로 성찰의 시간을 가지면, 우리가 '과녁을 맞히고' 있는지 아닌지 판단할 수 있다. 그러면 자연스럽게 크고 작은 자기 교정을 통해 행복한 삶을 창조할 수 있다.

내가 인터뷰했던 어느 여자는 "〈심슨 가족〉을 보고 있는 동안에는 영혼의 목소리에 귀 기울일 수 없다"는 사실을 일깨워주었다. 우리는 일상에서 성찰이 배제된 시대에 살고 있다. 낮은 일로, 밤은 소음으로 꽉 채워져 있기 때문이다. 호텔 방에 혼자 있을 때도 흔히 텔레비전을 켠다.

우리 안에 여전히 존재하는 그 작은 목소리에 고요히 귀 기울이는 것은 만족스런 삶의 중요한 열쇠다. 매주 성찰의 시간을 통해 자신의 삶이 정도를 가고 있는지, 다가오는 주에는 어떻게 변화하고 싶은지 생각해봐야 한다. 한번 상상해보라. 여러 해가 지나면, 이 작은 자기 교정의 시간들이 모여 얼마나 큰 힘을 발휘하겠는가? 예금계좌의 복리처럼, 삶의 작은 변화들은 궁극적으로 놀라운 결과를 불러온다. 반면에 성찰의 시간을 갖지 않는 것은 신용카드 빚을 늘리는 것과 같다. 시간이 지나면서 잔여금이 없어지면, 빚은 갚을 수 없는 지경으로 불어날 것이다.

커피 한잔의
의식

지혜로운 사람들은 대부분 삶의 비밀들을 더욱 철저히 실천하는 데 도움이 되는 그들만의 의식

^{ritual}을 갖고 있었다. 우리는 의식을 흔히 종교와 결부시킨다. 하지만 일정한 방식에 따라 규칙적으로 행하는 행동은 어떤 것이든 의식이 될 수 있다. 어떤 이들에게는 특정한 커피숍에 가는 것이 중요한 아침 의식이 될 수도 있다는 말이다. 물론 의식들 가운데는 틀에 박힌 절차에 불과한 것들도 있다. 하지만 어떤 의식들은 시간이 흐르면서 우리 삶의 경험을 결정짓는 위력을 갖고 있다.

예순두 살의 조엘은 그의 삶을 결정지은 두 가지 의식을 이야기해주었다. 첫째로, 아침에 일어날 때마다 가장 먼저 명상의 시간을 갖는다고 한다.

"또 다른 하루를 주셔서 감사하다고 신에게 기도를 드립니다. 그리곤 살아 있다는 것이, 은하수 가운데서 의식을 가진 존재로 살아 있다는 것이 얼마나 큰 선물인지를 잠시 되새기죠. 이런 명상의 시간에 저는 오늘을 위대한 선물로 인식하고 살아가게 해달라고, 앞에 놓인 하루를 허비하지 않게 해달라고 기도드립니다."

이어서 그는 하루를 마감할 때도 비슷한 명상을 한다고 이야기했다.

"하루가 끝날 때도 저는 잠시 명상의 시간을 갖고 그날 하루를 되돌아봅니다. 아무리 작은 일이라도, 그날 있었던 일들 중에서 감사해야 할 것들을 일일이 되새겨보죠. 그리고 잠자리에 들기 전에는 또 다른 하루를 주시어 살아 있음을 만끽하게 해달라고 기도드립니다."

쉰여덟 살의 리아는 믿을 수 없을 만큼 바쁜 사람이다. 그렇지만 매일 아침 집을 나서기 전에 명상의 시간을 갖는다.

"매일 아침 고요히 있을 수 있는 시간을 갖습니다. 때로는 그날을 위한 마음의 준비로 무언가를 읽기도 하죠. 그리고 매일 기도도 합니다. 제가 만날 사람 중에 친절한 말 한마디나 미소, 감사의 말 덕분에 삶을 바꾸게 될지도 모르는 사람들이 있으면 이들을 꼭 알아차리게 해달라고, 그날 하루 너무 바빠서 이것을 잊어버리지 않게 해달라고 기도드리는 거지요."

한편 짐은 여러 해 동안 산책을 하면서 분노를 곱씹었다고 했다. 산책을 하면서 그를 화나게 했던 온갖 일들을 떠올린 것이다. 그러던 어느 날 그는 '감사'의 산책을 하기로 결심했다.

"이제는 산책을 하는 동안 제 삶에서 감사해야 할 일들을 되새기고, 부정적인 생각들은 일절 일어나지 않게 하죠. 이 간단한 수행은 제게 정말 놀라운 선물입니다."

몇 해 전 암 병동에서 일하는 중년의 간호사를 만난 적이 있다. 그녀는 매일 고통과 직면하며 살아야 했다. 그래서 그녀는 출근길에 언제나 그녀만의 테마송을 부른다고 했다.

"매일 이 노래를 부르면, 살아 있다는 것이 참으로 큰 축복이라는 생각이 들죠. 기분도 아주 좋아지고요. 덕분에 병원에 도착할 땐, 가뿐하게 그날을 맞을 만반의 준비가 되죠!"

나는 이런 이야기들을 들으면서, 우리를 변화시키는 의식의 위력을 깨달았다. 오랜 세월 날마다 하루를 시작하고 마감할 때마다 명상의 시간을 갖는다면 그 결과가 어떨지, 또다른 하루를 준 우주에 감사하고 매일 감사의 마음으로 하루를 마감한다면 삶을 경험하는 우리의 방식이 어떻게 달라질지는 쉽게 상상할 수 있다.

자기만의 의식을 선택하는 첫걸음은 이미 자신의 삶 속에 존재하는 의식을 파악하는 것이다. 여러분은 하루를 어떻게 시작하는가? 어떤 기분을 갖는가? 하루는 어떤 식으로 마감하는가? 잠자리에 들기 전에 마지막으로 하는 생각은 무엇인가? 여러분에게 힘을 북돋아주는 의식은 어떤 것인가? 반대로 여러분을 가라앉게 하는 의식은 무엇인가? 시간이 흐르면서 우리에게 영향을 미치는 의식들을 더욱 분명하게 자각하면, 이 의식의 틀을 더욱 잘 활용할 수 있다.

나는 하루를 시작할 때마다 내 비전을 담은 문장을 읽는다. '나는 만족한다'는 것이 바로 그것이다. 매일 아침 이 문장을 읽는 이유는, 하루가 멋대로 흘러가기 전에 내 삶의 목적을 분명하게 의식하기 위해서다.

생각과 말은 삶의 형태를 결정짓는 일련의 고리에서 첫 부분을 장식하는 아주 강력한 요소다. 여러 해 전 아주 인상 깊은 글을 읽었는데, 사람들의 이야기를 듣는 동안 이 글이 수없이 떠올랐다.

너의 생각에 유의해야 한다. 생각이 곧 말이 되기 때문이다. 너의 말에 유의해야 한다. 너의 말이 곧 너의 행동이 되기 때문이다. 너의 행동에 유의해야 한다. 너의 행동이 곧 너의 습관이 되기 때문이다. 너의 습관에 유의해야 한다. 너의 습관이 곧 너의 성격이 되기 때문이다. 그리고 너의 성격은 바로 너의 운명이 된다.

예순두 살의 미래학자 조엘은 이런 말을 남겼다.

"비전이 없는 행동은 자신의 시간을 탕진하는 것에 불과하고, 행동이 없는 비전은 백일몽에 지나지 않습니다."

이 책에서 설명한 비밀들이 비전이라면, 이 장에서 소개한 방법들은 실천에 이르는 길이다. 비밀을 아는 것만으로는 삶을 변화시킬 수 없다. 비밀들을 삶 속에서 실천해야 한다.

다섯 가지 비밀을 실천하기 위한 질문 목록

매일 혹은 매주 다음의 질문들로
다섯 가지 비밀들을 잘 지키고 있는지 되돌아본다.

첫 번째 비밀 | 가슴이 시키는 대로 살아라
자신을 더욱 깊이 들여다보라

- 오늘 혹은 이번 주를 나답게 보냈는가? 내일 혹은 다음 주 나 자신에게 진실했다는 느낌을 가지려면 어떻게 해야 할까?

- 이번 주 나는 내가 원하는 모습의 사람이었는가? 내일 혹은 다음 주 내가 원하는 모습의 사람과 같아지려면 어떻게 해야 할까?

- 지금 나는 내 가슴이 시키는 대로 살고 있는가? 지금 내 가슴의 소리에 따른다는 것은 내게 어떤 의미인가?

- 다음 주에 이 비밀을 더욱 철저히 실천하려면 어떻게 해야 할까?

두 번째 비밀 | 후회를 남기지 말라
위험을 더 많이 감수하라

- 오늘 혹은 이번 주 나는 두려움에 떠밀려 행동하지는 않았나? 내일 혹은 다음 주 더 용감해지려면 어떻게 해야 할까?

◆ 이번 주 나는 내 신념에 따라 행동했나? 다음 주 더 철저히 내 신념에 따라 행동하려면 어떻게 해야 할까?

◆ 두려움이 아닌 용기를 갖고 행동하려면 지금 내 삶에서 어떤 조처들을 취해야 할까?

◆ 지금 내가 내리는 결정에 대해서 '현관 앞 안락의자에 앉아 있는 그 노인'은 뭐라고 말할까? 혹 후회의 씨앗을 심고 있는 것은 아닐까?

◆ 지금 나는 삶의 장애물들에 어떻게 반응하고 있는가? 나는 그것을 뛰어넘으려 하는가, 물러서려 하는가?

◆ 다음 주에 이 비밀을 더욱 철저히 실천하려면 어떻게 해야 할까?

세 번째 비밀 | 스스로 사랑이 돼라

더 많이 사랑하라

◆ 오늘 혹은 이번 주 나는 친구와 가족 같은 소중한 관계들을 위해 시간을 냈나?

◆ 오늘 나는 가까운 사람들을 친절하고 다정하게 대했는가? 내일 혹은 다음 주 이들을 더욱 친절하게 대하려면 어떻게 해야 할까?

◆ 오늘 혹은 이번 주 나는 모든 관계에서 이 세상에 사랑과 친절을 퍼뜨렸는가? 나는 내가 큰 영향을 미칠 수도 있다는 생각으로 낯선 사람들을 대했는가?

◆ 오늘 혹은 이번 주 나는 두 마리의 늑대 중에서 어느 늑대에게 먹이를 주었는가? 내 기운을 북돋아주는 사람들과 시간을 함께했는가? 오늘 혹은 이번 주 나 자신을 사랑으로 대했는가? 부정적인 자기대화나 자기최면에 빠지지는 않았는가? 내 마음에 꽃을 심었는가? 아니면 잡초를 심었는가?

◆ 다음 주에 이 비밀을 더욱 철저히 실천하려면 어떻게 해야 할까?

네 번째 비밀 | 지금 이 순간을 살아라

더 많이 만끽하라

◆ 오늘 혹은 이번 주 나는 무엇을 하든 그 일을 충분하게 만끽했는가? 진정으로 '여기'에 존재했나? 아니면 몸만 여기에 있었나?

◆ 오늘 혹은 이번 주 내가 얻을 수 있는 모든 기쁨들을 받아들였나? 진정으로 꽃향기를 음미했나? 아니면 삶을 견뎌내거나 그저 목적지를 향해 달리기만 했는가?

◆ 오늘 혹은 이번 주 내가 감사해야 할 일들은 무엇인가? '만약 ……라면 행복할 텐데'라는 생각을 하지는 않았나?

◆ 오늘 혹은 이번 주 나는 현재를 살았나? 내일이나 어제가 오늘의 행복을 앗아가게 방치하지는 않았나?

◆ 오늘 아침 나는 또 다른 하루에 감사하며 눈을 떴는가?

◆ 다음 주에 이 비밀을 더욱 철저히 실천하려면 어떻게 해야 할까?

더 많이 돌려주어라

◆ 이번 주 나는 소박하게나마 이 세상을 더 나은 곳으로 만들었나?

◆ 이번 주 나는 스스로 인식하지 못할 때도 내가 누군가에게 중요한 영향을 미치고 있다는 것을 나 자신에게 일깨워주었는가?

◆ 이번 주 나는 친절하고 관대하게 타인들에게 베풀었는가? 내일 혹은 다음 주 이런 미덕을 더욱 강화하려면 어떻게 해야 할까?

◆ 다음 주에 이 비밀을 더욱 철저히 실천하려면 어떻게 해야 할까?

집중 영역

다음 주 내가 더욱 주의를 기울일 문제는

_____ 이다.

행복한 사람은 죽음을 두려워하지 않는다

—— 9 ——

사람은 살아온 대로 죽는다. 지혜롭게 살면 죽음을 두려워하지 않게 되고, 진정으로 충만한 삶을 살았다고 느끼는 이들은 평화롭게 죽음을 맞이한다. 죽음을 두려워하게 하는 것은 충만한 삶을 살지 못했다는 후회다. 하지만 지혜로운 사람은 언제나 죽음의 그림자 속에서 살아가리라는 것도 안다. 죽음의 존재를 인식하면 지금이야말로 살아야 할 시간이라는 점을 되새기게 된다.

～

지혜롭게 사는 사람은
죽음도 두려워하지 않는다.

— 부처 —

～

내 장인은 육십대 초반으로 아직 정정
하시다. 지난해 우리 집에서 함께 저녁식사를 하는데, 그가
갑자기 요즘 죽음에 대해 생각하고 있다고 말했다. 그러면서
자신의 장례식에서는 아무도 소리 내 울지 않았으면 좋겠다
고 했다. 갑작스런 말씀에 내 아내는 울음을 터뜨렸다. 그러
자 그는 자신이 죽음을 두려워하지 않는다는 사실을 우리 모
두가 알아주었으면 좋겠다고 했다. 그에게는 이것이 중요한
문제였기 때문이다.

"더 젊었을 때는 죽음을 두려워했지. 하지만 죽음에 더 가
까워진 지금은 전혀 두렵지 않아."

이어서 나는 내 생에서 가장 감동적인 순간들 가운데 하나
를 경험했다. 장인의 삶에 대해서 아주 진솔하고도 인상적인

대화를 나눈 것이다. 오랜 시간 울고 웃으며 많은 따스한 이야기를 나누었다. 마침내 우리는 우리 모두가 아는 사실, 그러나 외면하거나 잊고 있던 사실, 즉 언젠가 우리도 죽으리라는 사실에 대해 거리낌없이 이야기할 수 있게 되었다. 이것은 가족 모두에게 커다란 선물이었다.

내가 '지혜로운 어른 프로젝트'를 시작한 것은 장인과 이 대화를 나누고 약 두 달이 지난 뒤였다. 그래서 인터뷰를 시작할 때 나는 계획에 없던 질문을 하나 추가했다.

"이렇게 나이가 드신 지금, 인간의 유한성에 대한 생각이 어떻게 바뀌었는지 말씀해주세요. 죽음을 어떻게 느끼시나요? 죽음이라는 추상적인 관념이 아니라, 선생님 자신의 죽음에 대해서요."

죽음을 주제로 육십이 넘은 사람들과 대화를 나누는 것은 서른이나 중년인 사람들과 이야기를 나누는 것과 상당히 달랐다. 이들 대부분은 아내나 남편, 배우자, 부모, 친한 친구처럼 가장 가까운 사람을 잃거나 임사체험을 한 경험이 있었다. 이들은 죽음이 가까워지면서 혹은 여든여섯 살인 앤터니의 말처럼 '가장 왕성하게 활동하던 시기'를 넘어서면서, 훨씬 자주 자신의 유한성을 생각해보게 되었다고 했다. 이들에게 죽음은 먼 가능성이 아니라, 매일 피부로 느끼는 일상적인 문제였던 것이다.

이들과 대화를 나누면서 나는 고무적이고 심오하며 궁극적으로 위안을 주기까지 하는 사실을 발견했다. 235명의 인생 선배들 중에서 죽음을 조금이라도 두려워하는 사람이 한 손으로 꼽을 정도도 안 되었다는 사실이다. 이들 대부분은 죽음을 자신의 삶 속에 이미 통합시키고 있었다. 두려움은 지혜롭게 살지 못했을 때, 다섯 가지 비밀을 제대로 실천하지 못했을 때만 찾아오는 것이다.

친구 중에 데이비드 쿨David Kuhl이라는 아주 재능 있는 의사가 있다. 그는 죽어가는 환자들과 많은 시간을 함께한다. 실제로 죽음에 대한 연구를 토대로 『웰다잉What Dying People Want』이라는 아름다운 책을 집필하기도 했다. 내가 인터뷰에서 깨달은 점들을 이야기하자, 그도 죽어가는 환자들을 치료하면서 "행복한 사람은 죽음을 두려워하지 않는다"는 점을 발견했다고 했다.

물론 약간 아이러니컬하게 들릴 수도 있다. 삶을 사랑하는 사람이야말로 죽음을 두려워할 것이라고 흔히들 생각하기 때문이다. 하지만 그가 죽어가는 젊은 환자들에게서 발견한 점은 내가 노인들과의 인터뷰에서 깨달은 것과 똑같았다. 즉 누구나 살아온 대로 죽는다는 것이다. 지혜롭게 살아온 사람은 죽음 또한 지혜롭게 삶의 한 부분으로 받아들였다.

한 예로, 쉰아홉 살의 밥은 이렇게 말했다.

"죽는 건 두렵지 않아요. 난 얼굴에 미소를 한가득 머금고 죽을 거예요. 내 삶과 내가 남긴 것, 내가 살아온 방식 모두 만족스러우니까요. 아버지가 돌아가시면서 삶을 다르게 살았으면 좋았을 거라고 후회하던 모습이 기억납니다. 나는 그렇게 되지 않을 거라고 다짐했었죠. 가장 중요한 것은 자신이 이 세상에서 해야 할 일을 하는 것입니다. 나는 그 일을 했어요."

내가 만난 인생 선배들도 지혜롭게 살면 죽음을 두려워하지 않게 된다고 누이 말했다. 실제로 삶의 막바지에서 가장 두려운 것이 무엇이냐고 물었을 때, 이들이 말한 두려움은 죽음이 아니라 남은 삶을 충만하게 살지 못하는 것이었다.

'서 있는 흰 소'로도 불리는 예순네 살의 톰은 근 이십 년 동안 부족민들을 위해 영적인 의식을 주관하고 있다. 그는 자신의 부족 전통에서는 죽음을 두려움의 대상으로 여기지 않고 삶의 자연스러운 한 과정으로 본다고 했다.

"삶의 마지막에서 우리가 두려워하는 것은 책임을 다하지 못하는 것입니다. 이 세상에 태어난 목적을 달성하지 못했다는 느낌을 두려워하죠. 죽음은 삶의 한 부분입니다. 하지만 죽음을 포용하려면, 삶의 목적을 이루었다는 느낌이 들어야 하죠."

일흔한 살의 엘사도 비슷한 말을 했다.

"삶의 종착점에서 가장 두려운 것은 자신이 할 수도 있었던 일들을 다하지 못했다고 느끼는 것입니다. 충실하게 살지 못했다는 느낌이요. 죽음에 대비하고 싶다면, 후회를 남기지 않을 만큼 충실하게 살아야 해요."

이런 요지의 이야기들을 나는 여러 번 들었다.

내가 만난 어른 중 임사체험을 한 사람들의 이야기를 들었을 때 나는 아주 흥미로운 점을 발견했다. 모두들 죽음을 결코 불쾌하게 느끼지 않았다는 점이었다. 죽음의 순간이 다가왔을 때, 슬픔이나 두려움이 느껴지지 않았다는 것이다. 칠십대인 딕은 자신의 임사체험을 이렇게 이야기했다.

"오십대에 심장 치료를 받았어요. 그런데 검사 시간이 길어지면서 심장이 멈추었어요. 제 영혼이 몸에서 빠져나가, 의사와 간호사들이 저를 소생시키려고 애쓰는 모습을 굽어보던 것이 지금도 생생해요. 그들이 '우리 곁에 있어요. 자, 우리 곁에 있어야 해요' 하고 외치는 소리도 들렸어요. 흰 빛도 안 보이고 예수도 나타나지 않았지만, 기분은 좋았어요. 커다란 고요가 느껴졌죠. 그 후로는 죽음을 전혀 두려워하지 않게 되었습니다."

엘사도 아름다운 이야기를 들려주었다.

"내가 어렸을 때 아끼던 인형이 그만 망가져버렸어요. 그래서 어머니에게 그 인형이 이제 천국으로 간 거냐고 물었죠. 그러자 어머니는 죽어도 천국 같은 데는 가지 않는다고, 죽으면 그냥 없어지는 것뿐이라고 솔직하게 말해줬어요. 우리 어머니에겐 종교가 없었거든요."

어른이 돼서 엘사는 깊은 신앙심을 키워나갔다. 신앙은 그녀의 삶에서 중요한 부분이 되었다. 하지만 그녀의 어머니는 끝내 종교를 갖지 않았다.

"어머니가 돌아가실 때 가서 임종을 지켰죠. 구름이 잔뜩 끼고 어두워서, 침실 블라인드를 다 열어놓고 있었어요. 그런데 갑자기 하늘이 개면서 방 안으로 빛이 쏟아져 들어왔습니다. 어머니의 얼굴에도 외경과 평화가 피어났어요. 블라인드를 내렸으면 좋겠냐고 묻자, 어머니는 그러지 말라고 했어요. 그래서 무엇이 보이냐고 물었더니, 이렇게 말하는 것이었습니다. '너무 아름다운데, 설명을 할 수가 없구나. 너도 때가 되면 보게 될 거야.' 그러고 그다음 날 돌아가셨습니다."

엘사는 그 순간을 늘 가슴속에 간직하며 살았다. 그 순간이 다가오면 그녀도 어머니가 보았던 것을 보게 되리라 믿으면서 말이다.

내가 인터뷰한 어른들은 대부분 이제 저승도 건너다볼 수 있게 되었다고 했다. 믿음 체계가 다른 만큼, 이들이 죽음을 삶 속에 통합하는 방식도 다양했다. 나는 죽음을 내다보는 이들의 모습에서 공통적으로 평화를 느꼈다. 이들 중에는 천국의 예시를 보는 이들도 있었다. 그런가 하면 자신을 탄생시킨 더욱 큰 풍경과 어떻게든 연결되리라는 것을 미묘하게 느끼는 이들도 있었다. 이들의 이야기를 듣다보니, 세인트루시아 출신으로 노벨상을 수상한 시인 데릭 월컷의 말이 생각났다.

그는 『탕자The Prodigal』라는 그의 저서에서 죽음에 가까이 다가갈 때 '이물 쪽에서 춤추는 고래들과 윤곽을 드러내는 집의 형체'를 보게 되는 과정을 묘사했다. 월컷도 젊었을 땐 삶의 마지막에 이런 평화로움을 느낄지 전혀 몰랐다고 썼다. 창밖을 바라보았던 엘사의 어머니처럼, 젊었을 때는 죽음을 두려워했지만 이제는 죽음을 평화롭게 받아들인다고 말했던 내 장인처럼, 월컷도 그의 내면에서 기대하지 못했던 평화를 발견한 것이다.

몇몇 인생 선배들은 잘 죽는 준비야말로 나이 들어 꼭 해야 하는 중요한 일의 하나라고 말했다. 예순일곱 살의 잭도 이렇게 말했다.

"지금 내 나이는 아버지가 돌아가신 나이와 같습니다. 물론 아버지보단 오래 살겠죠. 하지만 요즘 들어 죽음에 대한 생각이 더 많이 들어요. 죽을 때 어떤 일이 벌어질지는 확신할 수 없지만 마음은 편합니다. 심판이 있다면 저도 정당한 평가를 받겠죠.

친구들 대부분이 일찍 죽었습니다. 친한 친구 중에 루게릭병을 앓은 친구가 있었어요. 그는 죽어가는 동안 친구들이 곁을 지켜주기를 바랐어요. 그래서 친구들이 그의 곁을 편안하게 지켜주었죠. 저는 그의 송덕문을 읽었습니다. 그가 죽기 며칠 전부터 그의 곁을 지켰는데, 그는 말을 거의 못 했어요. 그의 말을 들으려면, 귀를 그의 입가에 바싹 갖다대야 했습니다. 하지만 그의 정신은 살아 있었고, 유머 감각도 여전했어요. 그런 모습을 보면서 저도 그렇게 잘 죽고 싶다는 생각을 했습니다."

어떤 게 '잘 죽는' 것이냐고 묻자, 그는 이렇게 말했다.

"잘 죽는다는 것은 한탄하지 않고 계속 정신의 건강을 유지하는 겁니다. 그리고 살아 있는 사람들에게 죽음도 삶의 한 부분이라는 점을 가르쳐주는 거죠. 잘 죽는 것이야말로 우리가 줄 수 있는 마지막 선물입니다. 죽는 모습 자체로 세상에 마지막으로 직접적인 영향을 미치는 거죠."

평생 잘 죽는 준비를 하는 것이 우리의 삶인지도 모른다. 하지만 사는 법을 배우기 전까지는 우아하게 죽지 못할 것이다. 혹은 이 반대일 수도 있다. 어쨌든 유한성이라는 진리를 받아들이기 전에는 제대로 살 수 없다. 일흔한 살의 론도 이런 말을 했다.

"'인생의 황혼기'라는 마지막 시기에는 죽는 연습을 해야 합니다. 삶을 놓아버리는 연습을 해야 하죠. 죽는 법을 터득하지 못하면, 사는 법도 알 수 없어요. 삶과 죽음이 같은 것이라는 인식을 삶 속에 통합시켜야만, 제대로 사는 법을 터득할 수 있지요. 내일 죽을 수도, 이십 년 후에 죽을 수도 있어요. 아무도 모르죠. 하지만 죽음을 삶의 한 부분으로 받아들여야만, 살 수 있습니다."

이처럼 나는 인생 선배들과의 만남을 통해서 지혜롭게 사는 것이야말로 죽음의 두려움을 이기는 해독제라는 사실을 깨달았다. 또 잘 죽는 준비를 하고, 뒤에 남겨진 사람들에게 희망이라는 마지막 선물을 주는 것이야말로 나이 들어 가장 중요하게 해야 할 일의 하나라는 것도 깨달았다. 그리고 우리가 훨씬 큰 이야기의 한 부분이라는 것을 깨달으면 죽음도 한층 편안하게 받아들일 수 있다는 것도 알았다.

그들이 차분하고도 힘 있는 목소리로 죽음에 대해 이야기하는 소리를 듣다보니, 자신이 주변의 모든 것들과 분리되어 있다는 생각이 가장 큰 어리석음일지도 모른다는 깨달음이 일었다. 구십대 중반의 화가 존은 이렇게 말했다.

"우리는 정말이지 하나의 점에 불과합니다. 훨씬 더 큰 어떤 것의 한 부분이지요. 죽음의 순간 우리는 훨씬 큰 이야기와 다시 결합합니다."

몇 해 전 나는 존 밀턴^{John Milton}이 『실낙원』을 집필했다는 이탈리아의 어느 산속에서 개천을 따라 도보여행을 했다. 개천을 따라 걸으며 세상에서 내가 있어야 할 자리에 대해 고민하고 있는데, 갑자기 강렬한 감정이 나를 엄습했다. 내가 훨씬 위대한 어떤 것의 한 부분이라는 느낌이 든 것이다.

　나는 수천 년 동안 이런저런 모양으로 이 산을 흘러내렸을 개울가에 홀로 무릎을 꿇고 앉아, 차가운 물속에 두 손을 담갔다. 순간 평생 나 자신을 이 개울과 동떨어진 존재로, 생명과 창조의 그물망에서 빗겨나 있는 존재로 생각하며 살아왔지만 사실은 이 개울과, 살아 있는 우주 전체와 한 몸이라는 사실을 깨달았다. 나는 세상에서 내가 있어야 할 자리를 깊이 받아들임과 동시에, 언젠가는 나도 이 생명의 흐름 속에 다시 합류하리라는 점도 알게 되었다. 그러자 내 눈에도 '이 물 쪽에서 춤추는 고래'가 보이기 시작했다.

　젊은 시절 목사로 있을 때 죽어가는 사람들 옆을 지키면서 나는 그들이 제각각 다른 모습으로 죽어간다는 것을 발견했다. 그러나 이제는 죽음과 삶이 분리되어 있지 않음도 알게 되었다. 살아온 대로 죽는다. 지혜롭게 살면 죽음도 두려워하지 않게 되고, 진정으로 충만한 삶을 살았다고 느끼는 이들은 평화롭게 죽음을 맞이한다. 죽음을 두려워하게 하는 것은 충만한 삶을 살지 못했다는 후회인 것이다.

하지만 지혜로운 사람은 언제나 죽음의 그림자 속에서 살아가리라는 것도 안다. 죽음의 존재를 인식하면 지금이야말로 살아야 할 시간이라는 점을 되새기게 되기 때문이다. "죽음에 대한 인식을 삶 속에 통합시키지 않으면, 진정으로 충만하게 살 준비가 되었다고 할 수 없다"는 론의 말도 이런 의미일 것이다. 죽음의 존재를 평화롭게 받아들이고, 죽음을 낯선 침략자가 아닌 인간 조건의 한 부분으로 받아들여야만 비로소 진정한 평화를 발견할 수 있다.

비밀을 실천하기에 이미 늦은 때란 없다

___ 10 ___

이제까지 자신이 살아온 삶을 판단하지 말고, 앞으로도 계속될 삶과 화해해야 한다. 어떤 실수를 했건, 얼마나 많은 후회들이 과거를 휘덮고 있건, 오늘 새로운 나무를 심어야 한다. 지금 이 순간부터 더 부지런히 행복한 인생의 비밀들을 실천하라. 이것이 바로 235명의 인생 스승들이 우리에게 주려던 마지막 가르침이다.

우리가 되고자 하는 것이 되기에
늦은 때는 없다.

— 조지 엘리엇 —

어른들을 인터뷰하던 중 몇 가지 의문이 일었다. 이들은 평생 지혜롭게 살았을까? 좋은 유전자를 갖고 태어나거나 좋은 부모 밑에서 자라난 것은 아닐까? 아니면 이들도 그냥 우리와 같은 사람들일까?

인터뷰를 해도 내 앞에 앉은 사람이 언제부터 어떤 특정한 방식으로 살기 시작했는지까지는 알 수 없다. 하지만 내가 얻은 결론은, 그들 중에는 젊었을 때부터 다섯 가지 비밀들을 실천한 사람들도 있지만, 나이가 아주 많이 들어서야 이 비밀들을 수용한 이들도 있다는 것이다. 삶의 과정 속에서 많은 것들을 깨닫고 실천한 덕에 지금과 같은 모습을 갖게 된 것이다.

이들 중 대다수는 비교적 늦은 나이에 중대한 전환점을 경험하고, 이때 자신에게 정말로 중요한 것을 발견했다. 가장 중요한 것은 삶의 비밀들을 발견하는 시기가 아니라, 비밀들을 진정으로 깨닫는 것이었다. 나이가 몇이든 과거에 어떤 실수들을 했든, 다섯 가지 비밀들을 받아들이고 실천하면 비로소 삶도 변화하기 시작한다.

또 자신의 삶을 판단하기보다 자신의 삶을 살아야 한다. 자신의 삶을 산다는 것은 매일 매순간 자신의 삶을 받아들이고 인간이 된다는 것이 무엇을 의미하는지 깊이 이해하려고 노력한다는 의미다. 삶은 결코 완벽할 수 없으며, 우리는 언제나 완전함을 향해 나아가는 상태에 있다. 여든네 살의 도널드는 이것을 이런 식으로 표현했다.

"지금까지 내 삶을 만들어온 것은 바로 나 자신입니다. 내가 살아온 삶을 인정해야만, 비로소 완전한 존재가 될 수 있죠."

그의 말은 흔히 들어온 가르침을 그대로 반영하고 있다. 즉 자신의 삶을 판단할수록 스스로를 훼손하게 된다는 것이다. 비교하고 경쟁하고 판단하고 평가하려는 모든 욕구를 버릴수록 지혜에 더 가까이 다가갈 수 있다.

다섯 가지 비밀들을 생각하면서, 자신의 삶을 판단하려는 유혹을 물리치고 스스로에게 질문을 던져보자. 이 다섯 가지 비밀들을 더욱 깊이 받아들이고 실천하려면 어떻게 해야 할까? 판단하는 마음은 우리를 마비시켜서, 완벽에 대해 잘못된 생각을 품게 하거나 자신이 부족한 존재라는 느낌을 갖게 한다. 지금과 같은 삶을 창조해낸 것은 바로 우리 자신이며, 우리에게는 아직 성장의 기회가 있다.

몇 해 전 사랑이라는 주제로 중년의 남자들에게 강의를 한 적이 있다. 나는 우리가 가장 가까운 이들을 사랑과 친절로 대하지 않는 경우가 얼마나 많은지를 일깨워주었다.

강의가 끝난 후 여러 명의 참석자들과 대화를 나누었는데, 그 가운데 강인해 보이는 신사도 한 명 있었다. 그는 다른 사람들이 모두 말을 마칠 때까지 기다렸다가 내게 다가와서 이렇게 말했다.

"정말 대단한 강의였습니다. 오늘 선생님 강의를 들으면서 제가 삶의 대부분 동안 제 가족은 물론이고 다른 사람들까지 아주 부정적인 방식으로 대했다는 것을 깨달았어요. 그들이 원한 건 사랑이었는데 저는 그들을 판단하고, 그들이 원한 건 인정이었는데 저는 그들을 비판했어요. 또 그들이 원한 건 제가 좀 더 긍정적인 사람이 되는 것이었는데, 저는 그들을 부정의 늪 속으로 끌어당겼어요. 선생님의 강의가 제 삶을 바꾸어 놓았어요."

그의 두 뺨 위로 눈물이 흘러내렸다.

그의 말에 가슴이 아파왔다. 그는 그동안 자신이 어떻게 살아왔는지를 깨닫고 후회하고 있었다. 나는 그의 새로운 통찰에 용기를 북돋아주고, 마음도 어루만져줄 수 있는 말을 찾았다.

"나무를 심기에 첫 번째로 가장 좋은 때는 이십 년 전이지만, 두 번째로 가장 좋은 때는 오늘이랍니다."

캐나다가 고향인 아흔세 살의 화가 존과의 인터뷰는 가장 즐거운 경험의 하나였다. 그의 눈은 호기심으로 반짝였으며, 목소리에서는 따뜻함과 우아함이 묻어나고, 예술가다운 두 손은 강인하면서도 섬세했다. 어른이 되고 처음 삼십 년 동안 그는 사회주의 운동에 헌신했다. 사회주의당에 대한 경험은 그에게 깊은 실망감을 안겨주었지만 그는 이 시기의 삶을 축복으로 받아들였다.

"많은 것들을 배우고 많은 사람들을 만났어요. 후회 속에서 사는 건 어리석은 일이에요. 당시로서는 힘닿는 대로 할 수 있는 일을 한 거니까요."

그는 다음으로 편집자라는 직업을 택했다. 이 두 번째 직업은 그에게 명예와 부를 가져다주었다. 그리고 대부분의 사람들이 사회적 활동을 서서히 줄여나가는 시기에 그림을 그리기 시작해서, 팔십대에 전시회를 열었다. 그의 그림들은 전부 팔려나갔고 갤러리 관장들도 경탄을 금치 못했다. 덕분에 제2, 제3의 전시회도 열 수 있게 되었다.

마지막으로 만났을 때 그는 두 손을 무릎 위에 포갠 채 공원의 작은 벤치에 앉아 있었다.

"가끔 사오십대 사람들과 대화를 나누는데, 그들은 삶이 거의 다 끝난 것처럼 이야기해요. 그런 사람들에게 꼭 해주고 싶은 말이 있어요. '이보게, 자네가 어른이 된 지는 고작 이십 년이나 이십오 년밖에 안 됐어. 인생을 이해하기에는 충분한 시간이 아니지. 내 나이쯤 돼야 어른이라고 할 수 있는 거야. 죽기 전에 또 다른 완전한 삶을 살 수도 있어. 이런 삶이 두 번이 될 수도 있지. 그러니 자신을 포기하면 안 돼.'"

2차 세계대전 중 독일에서 아주 힘든 유년기를 보냈던 칠십대의 엘사를 기억하는가? 그녀는 자신의 어릴 적 사진을 볼 때마다, 자신이 몇 년 후에 갖게 된 생각을 그 사진 속 아이에게 가르쳐주고 싶은 마음이 든다고 했다.

"사진들마다 표정이 너무 슬퍼 보여요. 전혀 웃지도 않고요. 앞으로 꿈도 이루고 행복도 찾을 테니 믿음을 잃지 말라고 말해주고 싶은 마음이 들 지경이라니까요. 이 인터뷰를 통해 제 이야기를 듣게 될 모든 사람들에게도 믿음을 간직하고 성장을 위한 노력을 멈추지 않으면, 이 세상에 살아 있는 동안 꿈을 발견하고 다른 사람들에게 중요한 영향도 미치게 되리라는 말을 꼭 해주고 싶어요."

내 소망도 마찬가지다. 이 지혜로운 사람들이 내게 준 가르침과 깨달음과 축복을 이 책을 읽는 모든 사람들이 경험했으면 좋겠다. 이제까지 자신이 살아온 삶을 판단하지 말고, 앞으로도 계속될 삶과 화해해야 한다. 어떤 실수를 했건, 얼마나 많은 후회들이 과거를 휘덮고 있건, 오늘 새로운 나무를 심어야 한다. 지금 이 순간부터 더 부지런히 행복한 인생의 비밀들을 실천하라. 이것이 바로 235명의 인생 스승들이 우리에게 주려던 마지막 가르침이다.

에필로그

이 책이 일으킨 변화

사람들에게 이백 명이 넘는 지혜로운 어른들과의 인터뷰에 대해 이야기하면, 언제나 이렇게 되물었다.

"그래서 그 인터뷰들이 당신을 어떻게 변화시켰죠?"

참으로 중요한 질문이었다. 이제부터 그 답을 들려주겠다.

프롤로그에서 이미 밝혔듯, 나는 동료 올리비아 맥보, 레슬리 나이트와 함께 인터뷰를 담당했다. 하지만 이백 건이 넘는 인터뷰의 대부분을 담당한 것은 나와 올리버였다. 우리는 둘 다 사십대 후반이었다. 그래서 때로는 친부모 혹은 친할아버지나 할머니와 대화를 나누는 것 같은 느낌이 들기도 했다. 하지만 이들과의 대화에는 가장 가까운 사람들과의 관계에서 놓쳐버리기 쉬운 솔직함이 있었다. 이들은 우리에게 자기 삶의 이야기들을 허심탄회하게 들려주었다. 고통스러운 기억과 뼈저린 후회들, 기쁨의 순간들에 대한 이야기들까지 모두.

커다란 상실이나 상처의 순간들에 대한 이야기를 들을 때면 눈물이 나기도 했다. 그런가 하면 그들의 이야기에 영감을 받고 감동을 느끼기도 했다. 유난히 지혜로운 어르신의 이야기를 들을 때는 깊은 평화로움이 밀려와, 인터뷰를 영원히 끝내고 싶지 않기도 했다. 그래서 인터뷰가 끝나면서 눈물을 터뜨린 적도 있다.

인터뷰를 진행하는 동안 나는 미약하게나마 이런저런 변화들을 경험했다. 이리저리 돌아다니며 일상적인 활동을 하는 중에 어떤 이미지나 이야기가 불쑥불쑥 떠오르곤 했다. 한 예로, 아흔세 살의 노인은 일출이나 발레 공연을 볼 때마다 눈물이 난다고 했다. 그것을 언제 다시 보게 될지 기약할 수 없기 때문이었다. 그와 인터뷰를 하고 한 달 동안 나는 특별한 순간들을 훨씬 깊이 음미하게 되었다. 나이가 몇이든, 해 뜨는 광경을 언제 마지막으로 보게 될지 누구도 장담할 수 없다는 것을 깨달았기 때문이다. 또 하루하루를 훨씬 신중하게 살다보니, 해 뜨는 광경도 훨씬 다채로워 보이고 기쁨의 순간들도 그만큼 늘어나는 것 같았다.

시간이 지나면서, 일상 속에서 특별한 말이나 구절을 떠올리는 것이 내게는 흔한 일이 되었다. 내가 인터뷰했던 인생 선배들의 모습과 그들의 말이 내 안에서 계속 반향을 일으켰다. 푸념을 늘어놓으면서 산책을 할 때는 감사의 산책을 했던 어르신의 이야기가, 아침에 눈을 뜰 때는 아침마다 그만의 의식을 치른다던 조엘의 조언이 떠올랐다. 그래서 나도 조엘처럼 또 다른 하루를 주셔서 감사하다고 기도를 드렸다. 또 어느 이방인의 삶에 자신이 커다란 영향을 미쳤다는 사실을 몇 년이 지나서야 알게 되었다던 어르신의 이야기가 생각나서, 낯선 사람을 더욱 친절하게 대하기도 했다. 자신의 삶을 판단하는 마음이 들기 시작할 때는 삶을 판단하지 말고 그저 살아가라던 충고를 떠올리고, 만족하는 마음이 들 때는 "행복은 모두 우리 머릿속에 있다"던 인생 선배들의 말을 되새겼다.

빌은 내게 젊은 시절 공장에서 경험했던 일을 들려주었다. 그는 산업 재해로 한쪽 팔을 반이나 잃은 남자와 나란히 일했다. 그런데 이 중년의 남자는 날마다 나무로 된 팔을 들어 올리며 자신처럼 되고 싶지 않으면 공부를 계속하라고 그에게 호소했다.

"여러 해가 흘렀지만, 그가 내 옆에 앉아서 자신과 똑같은 실수를 저지르면 안 된다고 이야기하는 모습이 눈에 선해요. 나는 종종 그의 모습을 떠올려봅니다. 그는 마치 후크 선장 같아요. 갈고리가 달린 나무 팔을 들어올리며 잊지 말라고 내게 경고를 하는 것 같다니까요."

이 인터뷰 후 나도 종종 비슷한 느낌을 받았다. 내가 인터뷰했던 어른들이 진리를 높이 들어 보이며 내게 그 진리를 따르라고 재촉하는 것 같았다.

인터뷰는 삶은 물론이고 죽음에 대한 내 시각까지 바꿔놓았다. 우리 사회에서는 죽음을 터놓고 이야기하지 않는다. 죽음이 우리의 삶을 사방에서 에워싸고 있는데도, 죽음이 거기 없는 것처럼 행동한다. 죽음을 입에 올리면 죽음이 불시에 우리를 포획하러 오리라거나, 그냥 무시해버리면 죽음을 피할 수 있다고 생각하는 것 같다. 하지만 인터뷰를 하면서 나는 매번 일말의 망설임이나 미안한 기색도 없이 이 질문을 던졌다.

"노인이 된 지금 죽음에 대해서는 어떻게 생각하시나요? 추상적인 의미의 죽음이 아니라, 선생님 자신의 죽음에 대해서요."

그러면 이들은 지혜롭게 사는 사람은 죽음을 두려워하지 않는다고 답했다. 행복한 사람들은 고통에 대한 두려움이나 타인들에게 짐이 될지도 모른다는 두려움은 있을지언정, 죽음에 대한 두려움은 없다는 것이었다. 그래서인지 나도 요즈음에는 나 자신의 죽음을 생각하면서 평화를 느낄 때가 많다. "나는 잘 살아왔어요. 죽을 준비도 충분히 되어 있죠"라고 차분히 말하던 어르신들의 목소리에서 느껴지던 그 평화로움을 나도 느낀다. 진정으로 충만하게 살면 언제든 마음 편히 죽음을 맞이할 수 있다는 진리를 체감하고 있는 것이다.

나는 또 죽음을 삶의 한 부분으로 인정해야만 삶을 진정으로 받아들일 수 있다는 것도 배웠다. 죽음은 변장을 한 우리의 가장 소중한 친구이자 스승이다. 우리에게 시간이 제한되어 있다는 사실을 깨달아야만, 비로소 정말로 중요한 것을 절실하게 구하며 살아갈 수 있다. 오늘 내가 보는 일출이 생의 마지막 일출이 될지도 모른다는 마음으로 현재를 살다보면, 지금 이 순간에 더욱 충실할 수 있다.

무엇보다도 235명의 인생 선배들과의 대화는 내가 익히 알고 있었지만 분주한 일상 속에서 깜빡 잊고 지내던 중요한 것들을 다시 일깨워주었다. 잠시 멈추어 삶을 음미하고, 더욱 따스한 사람이 되며, 어떤 후회도 남기지 말고, 나 자신에게 진실하며, 베풂을 통해 나 자신보다 훨씬 큰 어떤 것의 한 부분이 되라는 것이었다.

내게 가장 큰 힘을 준 것은 도널드와의 인터뷰였다. 두 시간 넘게 이어진 인터뷰가 끝났을 때 나도 모르게 눈물이 솟구쳤다. 처음에는 이 눈물의 근원을 알 수 없어 당황스러웠다. 하지만 그 두 시간 동안 내가 지혜를, 아주 오래된 어떤 것을 경험했기 때문이라는 것을 곧 깨달았다. 그 두 시간 동안 인간이 된다는 것의 비밀스런 의미들을 두 눈으로 직접 목격하고 나니, 그 경험을 놓아버리기가 싫었던 것이다. 결국 나는 계속 새로운 질문들을 짜내면서, 인터뷰 시간을 늘려나갔다. 그래도 인터뷰를 마칠 수밖에 없었지만 말이다.

이후 여러 달 동안 나는 도널드와 이메일을 주고받았다. 한 번은 볼티모어에 있는 그의 집 근처에서 만나 저녁을 함께하기로 약속했다. 하지만 내 출장이 연기되면서, 이 약속도 무산되고 말았다. 나는 다음에 볼티모어를 방문하면 그때 꼭 만나자고 이메일을 보냈다. 사실 그에게 전화를 걸겠다고 말한 적도 여러 번이었지만, 바쁜 일상으로 인해 한 번도 이 약속을 지키지 못했다.

그런데 볼티모어 방문을 나흘 앞두고 있던 날, "도널드 클레인이 사망하셨음을 알려드립니다"라는 짧은 제목의 메일이 도착했다. 메일 열어보기가 그때처럼 두려웠던 적은 한 번도 없었다. 나는 여러 시간 동안 그 메일을 열어보지 않았다. 내가 그 편지를 읽지 않으면, 그의 죽음도 현실이 안 될 것처럼 말이다.

도널드에게 묻고 싶은 것이 아직 많았다. 지혜와 대면하고 있다는 그 느낌을 다시 맛보고 싶기도 했다. 하지만 무엇보다도, 그를 포함한 많은 어르신들의 가르침이 나를 변화시켰으며, 이 책이 다른 사람들의 삶도 변화시키리라는 말을 그에게 꼭 해주고 싶었다.

그때 내가 사랑했던 또 다른 어르신의 말이 귓전을 울렸다.

"벼락치기에 의존하지 마세요. 당신에게 중요한 일이 있으면, 지금 당장 그 일을 하세요."

메일을 응시하는 동안 이 말이 새로운 의미로 다가오면서, 내 안에서 슬픔이 복받쳐 올랐다. 다시는 도널드와 이야기를 나눌 수 없으리라는 생각에 가슴이 먹먹해졌다.

메일을 열어 그의 아들이 보낸 편지를 읽었다. 편지 속에는 그의 아버지가 마지막 몇 주를 어떻게 보냈는지 상세히 적혀 있었다. 그는 마지막에도 지난 여든세 해처럼 살다가 갔다고 했다. 형과 배로 대서양을 횡단한 후, 캘리포니아에서 그가 가장 열망하던 사랑에 대해 강연을 했다. 그런데 강연을 마치고 자리로 돌아오던 중에 그만 쓰러지고 말았다. 어떤 방법으로도 그를 되살릴 수는 없었다. 그는 결국 가장 가까웠던 친구의 품 안에서 숨을 거두었다.

나는 사무실에서 그의 인터뷰 녹음을 다시 들어보았다.

"이십 년 가까이 심장병을 앓았어요. 심장마비를 일으킨 적도 있고요. 구조대원들이 달려와서 나를 구해주었지요. 흰 빛은 보이지 않았지만, 아주 평화로웠습니다. 상태가 좋아질 거라는 것을 알았죠. 그 뒤로는 전혀 죽음을 두려워하지 않게 되었어요. 내 삶은 위대한 선물입니다. 언제 죽든 나는 충분히 준비가 되어 있어요."

눈물 속에서 미소가 피어올랐다. 그가 평화롭게 죽는 것을, 그가 삶의 다섯 가지 비밀들을 발견하고 실천하다가 후회 없이 눈을 감았다는 것을 알 수 있었기 때문이다.

녹음테이프 속에는 그가 오십육 년 동안이나 함께 살았던 아내에 대해 했던 이야기도 들어 있었다. 대학 때 무도회장에서 만난 순간 그가 어떻게 수줍음을 극복하고 아내에게 다가갔었는지, 그 작은 도전이 그의 삶을 어떻게 바꿔놓았는지. 그녀의 존재가 아직도 느껴지냐고 물었을 때 그는 이렇게 대답했다.

"오, 물론이죠. 그녀가 세상을 떠난 지 육 년이 지났지만, 지금도 매일 그녀의 존재를 느낄 수 있어요. 진실한 사랑은 영원히 죽지 않는 법이거든요."

나는 의자에 등을 기대고 앉아 눈을 감았다. 그러자 지혜와 대면하고 있다는 느낌이 되살아나면서, 수백 명의 인생 스승들의 가르침과 사랑이 가슴 깊이 와 닿았다. 나는 그들과 함께 남은 인생을 걸어갈 것이다.

우리는 지혜로운 인생 스승들에게 젊은 세대와 공유할 수 있게 행복하고 충만한 삶의 비밀을 짧게 요약해달라고 부탁했다. 평생에 걸쳐 깨달은 비밀을 몇 마디로 정리하는 것은 물론 쉬운 일이 아니었다. 이들이 공개한 비밀들 가운데서 몇 가지만 추려보았다.

★ ★ ★ 십 분짜리 장례식도 있고 열 시간짜리 장례식도 있다. 내가 죽었을 때 사람들이 장례식장에 오래 머물면서 내가 어떤 삶을 살았으며 그들에게 어떤 감동을 주었는지 이야기하고 싶어 하게 살아야 할 것이다.

—켄 크램비어, 63세의 시골 이발사

★ ★ ★ 자신을 너무 진지하게 생각하지 말고, 머릿속의 생각들에 갇히지도 말라. 머릿속의 생각들은 실제와는 다르기 때문이다.

—도널드 클레인, 84세의 심리학자이자 작가

★ ★ ★ 무엇이든 억지로 쑤셔넣으려 하지 말라. 나는 언제나

학생들에게 말했다. 가슴이 시키는 대로 하면 무언가를 남길 것이고, 정말로 중요한 것에 초점을 맞추면 모든 것이 잘될 것이라고.

—조지 비어, 71세의 퇴임 교수, 물리학자

★ ★ ★ 누군가를 깊이 사랑하고 누군가에게 깊이 사랑받아라. 자신과 자신의 호기심, 탐구에 열정을 다 바쳐라. 그리고 진실로 그것을 향해 나아가라.

— 윌리엄 허필드, 64세

★ ★ ★ 진정으로 의미 있는 삶을 발견하려면, 사회와 사람들이 나에 대해 어떻게 생각하는지는 신경 쓰지 말라. 그리고 자신에게 가장 중요한 것을 발견하고 그것을 추구할 수 있도록 기도와 명상을 통해 내면을 들여다보라.

—제임스 어트리, 73세의 시인이자 작가

★ ★ ★ 불행하다고 느껴지면 다른 누군가를 위해 바삐 움직여보라. 자신에게만 집중하면 불행하지만, 타인들을 돕는 일에 집중하면 행복을 발견할 것이다. 행복은 섬김과 사랑에서 오는 것이기 때문이다.

— 주아나 보다스, 64세의 작가

★ ★ ★ 사전에서 '지루하다'라는 말을 추방하고, 어디에 있든 그 순간을 최대한 만끽하라. 그 순간은 영원히 되돌아오지 않는다.

—맥스 와이먼, 65세

★ ★ ★ 무릎을 꿇고 대지에 입을 맞춰라. 살아 있다는 것에 감사드리고 자신과 주변 사람들을 사랑하라. 그리고 살아 있음을 최대한 즐겨라.

—크레이그 닐, 60세

★ ★ ★ 내가 자신보다 큰 어떤 것의 한 부분이라는 점을 잊지 말아라.

—앤터니 홀란드, 85세의 배우

★ ★ ★ 열정을 쏟을 대상을 찾아서 그것에 몰입하라.

—리 윌리엄스, 58세의 작가이자 교육가

★ ★ ★ 즐겁게 할 수 있는 무언가를 찾아서 그것을 천직으로 삼아라.

—폴 허시, 76세의 작가

★ ★ ★ 어머니가 내게 말씀하셨다. "너 자신에게 진실하라." 중요한 조언이다. 이 말의 의미를 깨달으면, 엄청난 보상이 주어질 것이다. 하지만 자신에게 중요한 것에 진실하려면, 성찰의 시간을 가져야 한다.

—짐 스콧, 60세의 부동산중개인

★ ★ ★ 우리가 남길 수 있는 것은 우리의 삶뿐이다. 우리는 매일 무언가를 남긴다. 어떤 거대한 계획이 아니라, 매일매일 우리가 하는 일, 모든 작은 결정들, 우리가 남기는 것은 이것들이다. 하지만 이런 일들이 언제 어떤 영향을 미칠지 우리는 결코 알 수 없다.

—짐 코제스, 61세의 작가

★ ★ ★ 사람들을 사랑하라. 그러면 사랑이 우리를 모든 곳으로 인도해줄 것이다.

—존 보이드, 93세의 화가

★ ★ ★ 타인들에게 한 문장으로 조언을 해줄 수는 없다. 그러려면 먼저 그들을 알아야 하기 때문이다. 내가 해줄 수 있는 말은 자신을 알고, 자신이 삶에서 창조하고 싶은 것을 발견

하며, 그것을 언제나 잊지 말라는 것이다.

—엘사 뉴너, 71세

★ ★ ★ 건강한 식습관을 유지하고 몸을 많이 움직여라. 그리고 어디에 있든 더욱 행복하고 공정한 사회를 만드는 일에 에너지를 쏟아라.

—윌리엄 고든, 77세의 커뮤니케이션 교수, 사회운동가

★ ★ ★ 언제나 타인들의 좋은 점을 보면, 상처도 덜 받는다. 누구에게나 좋은 점이 많기 때문이다. 타인들을 질투하지 마라. 나에게는 다른 재능과 축복이 있다.

—에일린 린지, 78세

★ ★ ★ 위험을 더 많이 감수하라.

—돈, 78세

★ ★ ★ 매일 있는 그대로 살아가라. 앞으로 일어날 일을 걱정하지 마라. 내일은 내일 알아서 할 것이다. 일어날 일이 일어날 것이니, 내일 일어날 일을 순연히 기다리고 받아들여라.

—에스테르, 89세

★ ★ ★ 부정적인 일들을 곱씹지 마라. 나쁜 일은 언제나 일어날 수 있다. 안 좋은 상황 속에서도 긍정적인 면을 찾다보면, 정말로 그것을 발견할 것이다.

—루퍼스 리그, 63세

★ ★ ★ 자신의 열정에 충실하며 타인들에게 도움이 되는 존재가 되어라.

—로라 로웨, 61세

★ ★ ★ 언제나 배우며, 자신이 누구이고 어디서 왔으며 어디로 가고 싶은지를 깨달아라. 그리고 자신이 누구인지 결코 잊지 말라.

—랄프 딕, 66세의 원주민 추장

★ ★ ★ 자신의 본성을 깨닫고 자신의 감정들을 파악하라. 이 자기인식의 열쇠를 이해해야 한다. 자신의 본성을 알면, 평생 신념을 잃지 않고 살 수 있다. 그러나 모든 것이 불가사의하게 여겨진다면, 어려움에 봉착하고 말 것이다.

—마크 서코우, 60세

★ ★ ★ 커튼을 너무 일찍 내리지 말라. 앙코르 요청과 네 번째 막은 언제나 기다리고 있다.

—조시 제임스, 79세

★ ★ ★ 즐거움과 성취감을 주는 직업을 선택하라. 옷에 돈을 얼마나 투자하는가는 중요하지 않다. 돈은 금방이라도 사라질 수 있지만, 성취감은 그렇지 않다. 성취감을 느끼며 잠자리에 들면 아이처럼 편안히 잠들 수 있다.

—고든 퓨어스트, 71세

★ ★ ★ 내면의 목소리에 귀를 기울여라. 무엇이 옳고 그른지 알게 될 것이며, 행복과 평화도 얻을 것이다. 그러나 내면의 목소리에 귀를 기울이지 않으면 불안과 불만, 불행이 생겨난다.

—버트 윌슨, 63세

★ ★ ★ 신이 우리를 지켜보고 있으며 우리의 어깨에 손을 얹어 놓고 있음을 잊지 말라.

—로빈 브라이언스, 67세

★ ★ ★ 자신을 알고, 용감히 내면의 소리에 따르라.

—클리브 마틴, 65세

★ ★ ★ 자신과 타인들에게 친절하라. 그러면 잘못된 길에 빠질 리 없다.

—메리, 87세

★ ★ ★ 행복한 삶을 살겠다고 마음먹어라. 부정적인 것에 초점을 맞추면 진짜로 그렇게 된다. 오늘 아침 앞마당에 피어난 백합 한 송이에 초점을 맞출 수도 있다. 중요한 것은 우리가 의식을 집중하는 대상이다.

—토니, 66세

★ ★ ★ 모든 사람들에게 친절을 베풀어라. 그러면 우리의 영혼이 성숙하는 동안 사람들도 우리에게 사랑을 쏟을 것이다.

—제이 제이콥슨, 65세

★ ★ ★ 과거에 학생들을 지도했을 때, 나는 학생들이 줄줄 외울 수 있을 정도로 어느 학생에게나 수시로 다음과 같은 가르침을 주었다. 열심히 뛰고 훌륭한 운동선수답게 행동하며, 스포츠를 즐겨라. 경기에 기꺼이 몸을 던지고, 정직하며 정정당당하게 경기하는 선수가 되어라. 삶과 자신을 너무 진지하게 받아들이지는 말라. 패하는 것보다는 이기는 것이 좋을 것이다. 하지만 중요한 것은 경기 그 자체다.

—잭 로웨, 67세의 사업가

★ ★ ★ 가슴의 목소리에 따라, 자신이 되고 싶은 사람이 되어라.

—밥 피아트, 59세의 생물학자이자 사회운동가

★ ★ ★ 우리 개개인에게는 특정한 목적이 있다. 그리고 그것을 이루는 데 필요한 도구는 이미 우리에게 다 있다.

—톰 맥컬럼 혹은 '서 있는 흰 소', 60세

★ ★ ★ 가슴의 소리에 귀 기울이는 훈련을 하고, 용감히 그 소리에 따르라.

—론 폴락, 71세의 에너지 치유사

★ ★ ★ 재미와 기쁨, 즐거움을 가능한 많이 경험하되, 타인들에게 해를 끼치지는 말라.

—리 폴로스, 78세의 심리학자

★ ★ ★ 오롯이 자기 자신이 되어라. 상대를 사랑하는 것처럼 상대의 말에 귀를 기울여라. 미래에 대해서 세상에 영향을 미칠 수 있는 분명한 비전을 가져라. 그리고 살아 있는 모든 순간에 감사하라.

—조엘 바커, 62세의 작가이자 미래학자

★ ★ ★ 가능한 타인들에게 관심과 존경심을 가져라. 창조적인 방식으로 관계를 더욱 활기차게 해라. 언제나 그 자리에 있어라.

—수잔 사뮤엘 드레이크, 68세

★ ★ ★ 자신의 길을 찾고 그 길에 충실하라.

—윌리엄 브리지, 73세의 작가

★ ★ ★ 낼 돈은 내라! 그러나 돈을 목적으로 삼지는 말라. 돈을 잘 관리하고, 일에 많은 시간을 보내며 살 것이므로 즐겁게 일할 수 있는 직업을 선택하라.

—메이, 72세

★ ★ ★ 언제나 바쁘게 살아라. 결코 따분함을 느껴서는 안 된다. 언제나 할 일을 다섯 가지 더 찾아라.

—루시, 101세의 간호사

★ ★ ★ 하루하루를 만끽하고, 친구를 사귀며, 다투지 말라.

—앨리스 레이드, 97세

★ ★ ★ 가능한 무엇이든 배우고, 최고의 조언자들이 하는 말

에 귀 기울여라. 신에게 인도해달라고 기도하라.

—존 에드워드 브라운, 89세의 가톨릭 사제

★ ★ ★ 학창 시절 목공 선생님에게 내가 만든 것이 "충분히 좋다"고 말하자, 그는 "오직 완벽한 것만이 충분히 좋고, 충분히 좋은 것은 완벽하지 않다"고 했다.

—프랭크, 82세

★ ★ ★ 자신에게 진실하라. 자신에게 맞는 일을 하라. 자기 자신이 되어라. 가슴이 노래하는 일을 하라.

—캐틀린 맨, 67세

★ ★ ★ 두 발을 다 담그고 소매도 걷어붙이고, 몸을 사리지 말라. 용감하게 살고 용감하게 사랑하며 관계도 용감하게 맺어라.

—앤 브릿, 67세

★ ★ ★ 자신이 하는 일을 사랑하고, 자신이 사랑하는 일을 하라.

—달레네 버챔, 62세

★ ★ ★   황금률을 지켜라. 타인에게 대접받고 싶은 대로 타인을 대접하라.

— 웨인 호프만, 68세

★ ★ ★   자신을 믿어라. 누구에게나 놀라운 재능이 있다.

— 재클린 굴드, 60세

★ ★ ★   과거를 통해 배우고 현재를 즐기며, 더 나은 미래를 개척해나가라.

— 매리 루스 스나이더, 79세

★ ★ ★   씩씩하고 친절한 사람이 돼라. 동료에게 다정한 사람이 돼라.

— 엘리자베스, 85세

★ ★ ★   자신을 사랑하라. 그러면 다른 사람들도 우리를 사랑할 것이다.

— 제니 루날, 57세

★ ★ ★   두려움에 휘둘리지 말라.

— 펠리사 쳉, 65세

★ ★ ★ 되도록 열심히 일하고, 지금 하는 일에 자신의 모든 것을 쏟아부으며, 최선을 다하라. 목표를 높이 정하라. 목표를 너무 낮게 정하면, 그 목표에도 미치지 못할 것이기 때문이다.

—뮤리엘 더글러스, 72세

★ ★ ★ 되도록 만나는 모든 이들에게 도움을 주고, 언제나 해를 끼치지 않도록 하라.

—반시 간더, 63세

★ ★ ★ 자신과 타인을 깊이 존중하라. 타인에게 어떤 해도 끼치지 말며, 타인을 있는 그대로 받아들여라.

—줄리아나 크라츠, 76세

★ ★ ★ 비전을 잃지 말고 언제나 그것에 집중하라. 자신을 믿고 계속 목표를 향해 나아가라. 언제고 목표에 이를 것이다. 그 방법은 모를 수도 있지만, 기필코 그럴 것이다.

—다이앤 린치, 63세

★ ★ ★ 사소한 일에 목숨 걸지 말라.

—존 스미스, 82세

이 책을 쓰는 과정은 여러 면에서 미완의 개인적인 탐색 여행이나 다름없었다. 내 삶에서 가장 중요했던 스승들은 대부분 내가 찾아가 그들의 삶과 그들이 깨달은 것을 묻기도 전에 세상을 떠났다. 그들에게도 내가 이 책을 위해 인터뷰했던 어르신들에게 물었던 것과 같은 질문들을 던질 수 있었더라면 좋았을 텐데, 아쉽기 그지없다.

우리가 인터뷰했던 대부분의 사람들은 흔히 딸이나 아들처럼 그들과 가장 가까운 사람들이 추천해준 인물들이었다. 그런데 한 아들이 그의 아버지를 추천했을 때, 우리는 이 일을 하면서 가장 가슴 아팠던 순간을 경험했다. 그는 아버지가 지혜로운 데다 삶의 의미까지 발견한 분이므로, 타인들에게 중요한 가르침을 줄 수 있을 것이라고 했다. 그러나 불행히도 그는 인터뷰 일정을 잡는 중에 세상을 뜨고 말았다. 그를 제때에 인터뷰하지 못한 것과 이 책에 그의 지혜를 소개하지 못한 것에 대해 우리는 깊은 슬픔을 느꼈다.

이 책을 읽는 대부분의 독자들도 삶의 의미를 발견한 인생 선배를 한 명쯤은 알고 있을 것이다. 그리고 그가 세상을 뜨기 전에 그의 지혜를 배워서 가족들에게 전해주거나 깊이 되새기고 싶어 할 것이다. 그래서 우리는 더욱 큰 대화를 통해 그들의 지혜를 구할 수 있도록 우리가 어른들에게 했던 질문들을 공개하기로 했다.

프롤로그에서 이미 밝혔듯, 인터뷰 당시 어른들은 간혹 답변에 뜸을 들이기도 했다. 이런 침묵의 순간에 나는 종종 나 자신에게 똑같은 질문을 던져보곤 했다. 그리고 내가 그와 같은 나이가 되면, 뭐라고 대답할지 생각해보았다. 여러분도 다른 사람들을 인터뷰할 때 자신에게 똑같이 아래의 질문들을 던져보면 좋을 것이다.

1. 디너파티에 갔다고 합시다. 모두들 빙 둘러앉아 있는데, 주인이 돌아가면서 몇 분씩 자신의 지나온 삶을 이야기하는 게 어떻겠냐고 제안합니다. 선생님도 그 자리에 계십니다. 몇 분에 불과하지만 선생님은 그 시간에 되도록 많은 이야기를 해주고 싶어 합니다. 그러면 선생님은 뭐라고 말씀하시겠습니까? 이런 상황을 상상하시면서, 지금까지의 삶을 이야기해주시죠.

2. 삶에 가장 큰 목적과 의미를 부여해준 것은 무엇이었는지요? 살아 있다는 것을 중요하게 여기도록 해준 것은 무엇입니까?

3. 과거와 현재에 매순간 가장 큰 기쁨과 행복을 가져다주는 것은 무엇입니까?

_____

_____

_____

_____

4. 주요한 '기로'들에 대해 이야기해주시죠. 이런저런 길을 택한 결과, 이후의 삶에 커다란 변화가 일어난 때가 언제입니까?

_____

_____

_____

_____

5. 타인에게 들은 조언 중에서 가장 훌륭했던 것은 무엇입니까? 그 조언을 받아들이셨나요? 살아가는 동안 그 조언을 어떤 식으로 적용했나요?

_____

_____

_____

6. 좀 더 일찍 깨쳤더라면 좋았을 것은 무엇입니까? 청년기로 돌아가 자신과 대화를 나눈다면, 내면의 소리에 귀 기울인다면, 삶에 대해서 자신에게 무슨 말을 해주고 싶은가요?

7. 영성은 선생님의 삶에서 어떤 역할을 했나요?

8. 삶의 종착점에서 가장 큰 두려움은 무엇인가요?

9. 나이가 든 지금, 인간의 유한성과 죽음에 대해서 어떻게 생각하시나요? 추상적인 의미의 죽음이 아니라 선생님 본인의 죽음에 대해서요. 죽는 게 두렵지는 않으신가요?

10. 영성과 종교는 선생님의 삶에서 어떤 역할을 했나요? '신'에 대해서는 어떤 결론을 내리고 계신가요?

11. '……했더라면 좋았을 텐데' 하는 것들을 말씀해주시겠어요?

12. 오랜 세월을 사셨는데, 행복을 발견하고 충만한 삶을 사는 데는 무엇이 가장 중요하다고 생각하십니까?

---

13. 행복한 삶을 발견하는 데 별로 중요하지 않다고 여기는 것은 무엇인지요? 살면서 관심을 덜 기울였더라면 좋았을 것은 무엇입니까?

---

14. 행복과 의미 있는 삶의 발견에 대해서 젊은이들에게 몇 마디로 조언을 해주신다면, 무슨 말씀을 전하고 싶으신지요?

어려운 선택을 해야 할 때면 현관 흔들
의자에 앉아 있는 지혜로운 노인을 상상하며 그에게 묻는다
는 마가렛, 당신의 아름다운 상상으로 이 프로젝트는 시작됐
다. 풀숲을 지나가던 개미를 보고 연구자로서의 소명을 깨달
은 윌리엄, 생사의 기로에서 사시나무의 목소리를 듣고 영적
지도자가 된 '서 있는 흰 소' 톰, 당신들을 통해 가슴이 이끄
는 삶이 무엇인지 알 수 있었다. 모든 사람의 만류에도 불구
하고 의사에서 척추교정 전문의로, 다시 에너지 치료사로 내
면의 소리를 따랐던 론, 아이를 갖는 것도 포기하고 생태운
동가로서의 소명을 따른 밥, 당신들은 내게 용기가 무엇인지
보여주었다. 2차 세계대전 이후 단신으로 캐나다 이민이라

는 모험을 감행한 엘사, 당신의 용기 있는 선택과 후회 없는 삶은 나를 비롯한 많은 사람들을 감동시켰다. 사회주의 당원에서 화가로 새로운 삶을 살고 있는 존, 인생의 황혼기에 접어들었다 할지라도 죽기 전까지 몇 번이고 삶을 새롭게 시작할 수 있다는 당신의 말은 우리에게 용기를 줬다. 일과 자신의 꿈을 현명하게 화해시킨 재키, 여든다섯이라는 나이에도 정기적으로 연출과 공연을 하며 자신의 길을 걸어가는 앤터니, 임사체험으로 삶과 죽음에 대해 다시 생각해보게 된 리처드, 당신들의 소중한 이야기에서 큰 교훈을 얻을 수 있었다. 사랑으로 가득한 삶을 실천하는 시골 마을의 유일한 이발사 켄, 당신의 아들처럼 우리도 깊이를 알 수 없는 당신의 지혜를 발견할 수 있었다. 자신을 위해서가 아닌 세상을 위해 울게 되었다는 수잔, 아프리카계 미국인으로 당했던 차별을 사랑으로 돌려주기로 결심한 반시, 매일 아침 스스로 사랑이 되자는 기도를 드린다는 리아, 당신들은 사랑하기를 선택한다는 것의 진정한 의미와 아름다움을 일깨워주었다. 형편없는 공연을 보면서도 현재를 만끽하는 맥스, 당신의 말에 따라 나도 '지루하다'라는 단어를 멀리하려 한다. 매일 눈을 뜨면서 살아 있음의 기적을 느낀다는 조엘, 당신 덕분에 하루하루의 고마움과 소중함을 되새길 수 있었다. 아버지를 본받아 이 세상이 좀 더 나은 곳이 될 수 있도록 베푸는 삶을 실천하는 잭과 하비, 당신들은 대를 이어가는 나눔의 미덕을 보여주었다. 랄프, 당신의 아버지가 들려준 연어잡이에 대한 교훈은 우리의 가슴속에서도 살아 숨 쉴 것이다. 조지, 우주의 연결성에 대한 당신의 통찰로 우리가 아무것도 가져갈 수 없어도 남길 수는 있다는 사실을 깨달을 수 있었다. 마지막으로, 당신의 마음을 사로잡은 여학생에게 용기를 내어 춤을 신청해 오십육 년간의 행복한 결혼 생활을 얻은 이야기로 우리의 마음을 따뜻하게 했던 심리학자 도널드, 당신을 다시 찾아가기로 한 나흘 전에 당신이 세상을 떴다는 소식을 듣고 나는 깊은 슬픔에 휩싸였다. 좀 더 일찍 찾아갔어야 했다는 후회가 몰려왔다. 인생의 소중한 경험을 우리에게 기꺼이 들려준 당신에게 진심으로 감사한다.

책에 이름이 실리는 것을 허락하고 지혜를 나누어준 주아나 보다스, 루시 리브맨, 데이비드 구스로, 메이 테일러, 리 풀로스, 프라빈 바린더, 매기 골드맨, 짐 스콧, 압둘라 이빈 압바스, 월버가 알쿼스트, 앤브릿, 아부 알 바스리, 애모드 브리야니, 파티마 알 바스리, 존 에드워드 브라운 신부, 제임스 어트리, 달레네 버챔, 앤 아레스, 팻 캠벨, 오리브 샤넬, 펠리사 챙, 에밀리 벨, 실비아 커스트, 에이미 다모니, 로버트 데이비스, 로빈 브라이언스, 윌리엄 브리짓, 뮤리엘 제이미 더글러스, 준 다이어, 줄리아나 크라츠, 게리 엘레리, 제이콥 레이더, 이마뉴엘 에프라임, 에일린 브리기드 린지, 고든 퓨어스트, 조지 리틀모어, 마서 로펜데일, 댄 런던, 하비 골드, 로라 로웨, 다이앤 린치, 윌리엄 고든, 재클린 굴드, 고든 메인스, 파롤린 맨, 클리브 마틴, 윌리엄 허필드, 오빌레 헨더슨, 카를로스 몬타나, 파블로 헤레라, 폴 허시, 주아니 타닐, 로레타 호워드, 웨인 호프만, 조이스 놀린, 제시 니쿼스트, 데렉 오툴, 라마 잭슨, 제이 제이콥슨, 이렌느 파리시, 조시 제임스, 이블린 존스, 로널드 폴락, 엘리자베스 켈리허 경, 로레타 키스, 엘리스 레이드, 아다 나이트, 루퍼스 리그, 로널드 코마스, 펠리시아 라일리, 제니 루날, 머레이 러닝, 톰 워딜, 하비 워커, 존 샌딘, 브라이언 윌, 버키 월터스, 마크 셔코우, 에스터 윗킨스, 존 스미스, 리 윌리엄스, 린 스미스, 버트 윌슨, 매리루스 스나이더, 로버트 웡, 조엘 솔로몬, 제리 스피나스키, 파트리샤 토머스와 이름이 소개되는 것을 원치 않았거나, 우리가 허락을 구하기도 전에 돌아가신 모든 분들에게도 고마움을 전한다. 당신들의 삶에서 건져올린 인생의 다섯 가지 비밀은 우리 모두의 가슴속에서 빛날 것이다.

행복한 변화의 시작,
그 감동적인 순간으로의 초대

　세 달 사이에 네 번이나 개인적으로나 사회적으로 안타까운 죽음을 경험했다. 언제나 무슨 이야기든 나눌 수 있었던 오랜 친구, 삶의 중요한 원칙들을 가르쳐준 스승, 반성의 큰 자극제가 돼준 두 어른, 모두가 소중한 인연들이었다. 이렇게 짧은 기간에 소중한 사람들을 연달아 느닷없이 떠나보내기는 처음이었다. 그 먹먹함과 당황스러움 앞에서 나 자신을 향한 것인지, 인간의 가차 없는 운명과 하찮은 이기심을 향한 것인지 모를 자격 없는 분노를 느꼈다. 어떻게 이해하고 어떻게 보내야 할지 몰라 허둥대는 마음은 시간이 지날수록 그 농도가 짙어지는 것만 같다.

조금만 밖으로 시선을 돌렸다면, 그에게 절실히 필요하던 삶의 의욕을 나눠줄 수 있었을 텐데. 불필요한 자의식일랑 벗어던지고 존경하는 마음만 가지고 전화기를 들었더라면 더 많은 것들을 배우고 좋은 기억들을 나눌 수 있었을 텐데. 그러면 가시는 길이 덜 추울 수 있었을 텐데……. 뒤늦은 회한 앞에서 삶을 가장 의미 있게 사는 방법은 무엇이고, 삶에서 정말로 중요한 것은 무엇인지 다시금 짚어보게 되었다.

깊게 뿌리박혀 있는 자의식과 자기비하의 찌꺼기를 쓸어내고 자신을 그저 받아들이고 아낄 것, 의심과 두려움 때문에 좋은 생각을 생각으로만 묵혀 두지 않을 것, 불필요하게 내일을 통제하려 들지 말 것, 서운하고 아프고 외로운 만큼 사랑을 나눌 것, 주는 것이 받는 길임을 잊지 말 것, 설레고 기쁜 마음만으로 지금의 일에 몰입할 것, 감사하는 마음으로 무목적의 목적성을 체현할 것.

오래전부터 알고 있었으나 실천하지 못했던 지혜와 일상의 채찍에 잠시 잊었던 삶의 비결들을 다시금 뒤돌아보았다. 이렇게 죽음은 종소리처럼 죽비소리처럼, 나의, 우리의 영혼을 정화시키고 깨워주었다. 너무 늦은 것이 못내 가슴 아팠지만, 인간으로 태어난 이 어리석음의 장막은 쉽게 거둘 수 있는 것이 아니었다. 아픈 만큼 반성하고 다독이고 기도하는 수밖에.

그러나 이 책에 실린 235명의 어른들과 그들의 이야기에 몇 시간이고 귀 기울인 저자는 달랐다. 준비 없이 허둥대며 죽음에 떠밀려 가기 전에, 후회 없는 삶을 통해 행복과 사랑을 나누는 길을 깨닫고 이를 실천했다. 지금의 삶을 더불어 최대한 만끽함으로써 삶의 유한성을 뛰어넘은 것이다.

이들이 전하는 삶의 비결은 새롭거나 특별한 무언가가 있어야만 체득할 수 있는 어려운 것이 아니다. 수많은 책들과 현인들의 입으로 전해진 가르침과 다를 바 없는 상식적인 것들이다. 하지만 상식만큼 실천하기 어려운 지혜도 드물다. 그러나 이 책 속의 어른들은 실천을 통해 익숙한 가르침들을 살아 있는 지혜로 만들었다. 울기도 하고 웃기도 하는 삶 속에서 아픈 경험과 실수에 굴하지 않고 행복의 비결을 자기 것으로 만들 수 있었던 것은 앎의 차원에 머물지 않는 실천의 힘 때문이었다. 이 책이 색다른 감동을 주는 이유는 이런 행동의 힘을 인터뷰 곳곳에서 느낄 수 있기 때문이다.

저자도 말했듯이 아는 것은 그리 어렵지 않다. 충분한 사색과 정독의 시간만 가진다면 무엇이 진리인지는 어렵지 않게 깨달을 수 있다. 하지만 진정한 변화는 앎을 내 삶의 현실 속으로 끌어들이는 순간 시작된다. '물론' 시작하는 순간에는 많은 감정이 교차한다. 설렘과 함께 불안함, 두려움, 회의가 들 수도 있다. 그러나 한 발을 내딛는 순간 모든 부정적인 에너지가 긍정의 힘으로, 원하는 삶으로 나를 떠미는 추진력으로 변한다. 그 감동의 순간을 맛 본 사람은 흔들림 없는 자기 신뢰로 삶의 소중한 열매인 사랑과 행복을 딸 수 있다.

235명의 인생 선배들과의 만남은 이런 감동의 순간으로 독자들을 초대한다. 이 책이 의미 있는 이유이다. 앎을 넘어선 실천을 위한 길잡이로서의 독서를 지향하는 이들에게 작으나마 힘이 되리라 생각하는 이유도 여기에 있다. 가슴에 힘을 주는 책이길 바란다.

너무 쉬워 놓쳐버린
삶의 다섯 가지 비밀

초판 1쇄 발행 2024년 2월 15일

지은이   존 이조
옮긴이   박윤정
펴낸이   한승수
펴낸곳   문예춘추사

기획   구본영
편집   이상실
디자인   박소윤
마케팅   박건원 김홍주

등록번호 제300-1994-16
등록일자 1994년 1월 24일

주소   서울시 마포구 동교로27길 53, 309호
전화   02-338-0084
팩스   02-338-0087
이메일   moonchusa@naver.com

ISBN   978-89-7604-648-2   03840